JN035054

日本古典文学の学び方

権藤三鉉

文藝書房

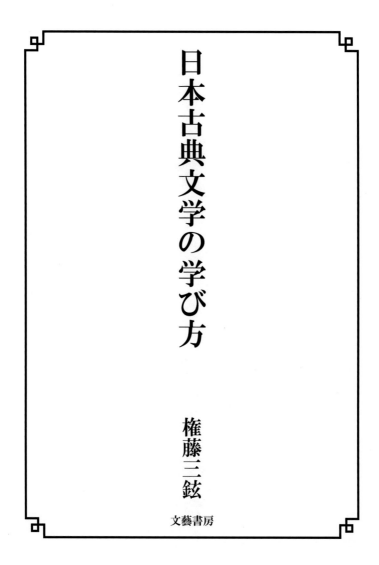

はじめに

かつて、国文関係者の間で、「古文読みの古典識らず」という文句が流布したことがある。

思えば、筆者は、大学の国文科で単位を取る（芸術の手法を中心にして）のが精一杯で、古典文学の本質を掴むことは出来なかったと言える。

つまり、訳読が中心になり、それで事足れりとして来た訳である。学生の勉強不足のせいもあるが、大学教員にも責任の一端がある。

大学の先生は、権威をちらつかせながら、政治運動（活動）ばかりやっているし、教えるポーズを取りながら、具体的に学生に何一つ教えようとはしない。今の学生は勉強しないと言われるが、それは学生の責任ではないのである。

結局、学部の四年間で、文学がモノにならず、灰色の学生生活を送り、大学を卒業した。卒論も立派なものではなかった。筆者は大学院へ進学し、指導教授の学術紀要などを参考にして、修士論文（「ドストエフスキー論」）を書き上げて、文学についての、自分なりの見識、見解を持ったものである。

ところで、最初に述べた、「古文読みの古典識《し》らず」の問題意識をわきまえた識者に、歌人の俵万智氏と高校時代のS先生がいる。

俵氏はある本の中で、『伊勢物語』について、「訳しただけで解った顔をしているなんて、おかしいわ」と書かれ、S先生は高校時代、『徒然草』について、「吉田兼好は道を極めた人の系譜を扱っている」や『奥の細道』の中で、「歴史的自然」なる言葉を話されていたのを記憶する。

つまり、文学の方法論（創造の秘密）を秘めた作品論への誘いを、筆者に暗示して呉れた観がしたのであって、一念発起して、『枕草紙』や『源氏物語』や『奥の細道』などの古典作品を、その方法論を顕現させた形で、再発掘して見ようと思い立った訳である。

本書は、高校卒業程度の人にも充分、理解出来るものとなっており、かつて大学で国文学を専攻されて、モノにならなかった方や、素朴に教養の実を求める社会一般の人に読んでもらいたいと思っている。

ドストエフスキーを制する者は文学を制する。日本近代文学やドイツ文学及びロシア文学との類推が可能であると思う。特に日本古典文学では、従来の作家論に相当するのが、各個別作品論となることに注意を払いたい。

本書の個別作品論に於ける、「ノート的解釈」それ自体でも、（文学の）力となって来よう。ノート的作品論（他の文学の作家論に相当する）を構築することによって、他の秀れた、格調の高い（例えば、本居宣長の『もののあはれ』論――『源氏物語』の解釈書）研究書を賞味し、味読（この解釈は当たっているが、これは違うとか）することが出来よう。

さらに、日本古典文学で、最低二つ（個別作品論）をモノにすれば、方法論を確信し、体に生きる力がみなぎることを言い添えたい。対比的に二等分の個別作品論。

繰り返しになるが、大学の先生は世界観の延命に必死になり、口が裂けても、文学の方法論（からくり、学び方）については語ろうとしない。依って、学生は独力で、文学（の方法論）を修得しなければならない。

インテリの家に生まれなかったならば、文化の恩恵に浴さぬという厳しい現実が待っている訳である。インテリの家に生まれずに、文学を制する（文学の方法論をマスターする）のは奇跡に近いと言わざるを得ない。しかし大学の先生は決して雲の上の存在でないことを見極めよう。誰でも学者の卵の卵に成れる。

即ち、一人でも多くの方が、本書を読んで、文学の方法論を掴み取って、文学研究徒の道（教養の担い手）を歩みつつ、チェーホフの言う、「教養のある、清らかな人が神の王国の担い手となる」ことを想起したい。

最後に、筆者が勉強（文学）が出来なかった時には、個人全集（古典文学では個別作品に相当）に精神生活の救いがあることは、夢にも思わなかったことを付記して置きたい。

ここで、遅ればせながら、大学の先生の存在価値（意義）を述べて置きたい。

先ほど、「大学の先生は、口が裂けても文学（学問）の方法論（からくり、学び方）は言わない」と述べたが、その意味で、理科系と違い、文科系の学生は放《ほお》って置かれるが、次の二点で、大学教員の意義を述べたい。

第一に、日本文化に貢献する点であって、つまり、格調及び論理水準の高い著作（解釈書）を世に提供することで、ノートを作成し終えた庶民が賞味出来る材料を先生は、提供して呉れる。

第二に、学生が提出したレポート、卒論、修論に於いて、方法論を具備した論文ならば、大学教員は高い評価（成績）を下すという教育行為に依って、初めて、その職責を果たす。

ちなみに、名のある大学へ進学することは望ましい（名もない大学でも、優秀な先生はいるが）。

名のある大学は、文学の方法論をマスターした教育スタッフ（教授）が、一定の距離を置いて、学生を待ち受けて呉れる。（傍点筆者）

目次

カバー装丁・天塩　秀

第一部　文学研究の方法論（技法）

第一章　方法論の端緒の意義

ヘッセは『ガラス玉遊戯』で「私たちの使命は対立するものを正しく認識し、即ち対立をまず対立として、しかし次には統一の両極として認識することだ」（「召命」）（ノーベル文学賞受賞作）と学問の方法論を語る。

次にルソーについてだが、小林秀雄氏も『私小説』の冒頭で引用したルソーの『告白』『孤独な散歩者の夢想』に於ける「社会と自然」「個人と社会」の関係概念を紹介したい。

特にルソーの両者の作品で、抽象的命題（散文に於ける）となって、曖昧模糊とした文学（二分される個人全集）に立ち向かうと、「目から鱗《うろこ》」となって読者を納得させるであろう。ここに、科学的作家論の試みへのアプローチの一助となることが解るであろう。（方法論の端緒として）

ちなみに、『孤独な散歩者の夢』での、キー・ワードは、「個人と集団」（第一章）、「夢想家と現実」（第五章）であることを指摘したい。これを意識化すれば人生の精神的な意味での勝利者となれることを保証する。

尚、最近の筆者の研究に依ると、ルソー（ゲーテやヘッセも可）に加えて、ヘーゲルも、作家論の構築に際して、その方法論の端緒に鑑みて、有効なアプローチを発揮することが判明した。

彼の『精神現象学』の「まえがき」「自己を確信する精神」及び「絶対知」の陳述を紹介すると、「最初にくる知、素朴な精神、精神なき感覚的意識」から「本来の知、純粋な概念の世界である学問の場」への転換であり、次に、「知は、客観的な知から、意識によって作りだされた現実にかんする知へと転換することである」であり、絶対知では、「意識は自分自身に――自身の世界や自身の現在に――目をむけ、それが自分の財産だとわかり、こうして、空想の世界をぬけ出して、この抽象的な場を現実に自己によって精神化すべく、その第一歩を踏みだすことになる」を引くことが出来よう。（以上、傍点筆者）

文学研究、特に作家論作成に際しては、初めの内は、途方に暮れるのである。何をやって良いのか解らぬ。小説の非科学的信仰感があるので。

そこで提言したい。二、三年は、下積みをしなければならない。まず素読みし、第二年目は、我（自己）流で良いから、その作家の個人全集を使用して、書き撲《なぐ》ることであり、第三年目は専門家の指示（ヒント）を参考にして、つまり、全集の創作系譜は、二分され（方法論の端緒）（対立概念）ることに留意しつつ、全集に取り組めば、必ずや、作家論はモノになると言えよう。

ここで留意したいことは、作家論構築の理論が、この日本古典文学の作品に相当し、それと類推されて論じられるべきということである。

さらに、敷衍《えん》すると、文学研究に作家論があるが、「夢想家から現実へ」「ロマン主義からリアリズムへ」「動よりも静を」「闇の世界から光明的なものへ」「虚無主義から生活『欲』へ」などの位相、転換点で、個人全集を捉えることが肝要となって来る。（方法論の明示）

ところが、この作家論一つでは、自我が確立せず、体に力が漲《みなぎ》ることはないであろう。第二弾の作家論構築完了時点で、確信に達し、自我も確立し、精神的力が体に漲ることになる。これ等のことに関しては、後の『更級日記』論で詳述するつもりであるが、ここでは、この間の事情について、ヘーゲルの説明（『精神現象学』自己確信の真理）が参考になるので、紹介して置こう。

即ち、「ありのままの、最初の統一が存在する統一体と名づけられるのに対して、生命の運動の要素を含む第二の統一は、存在を越えた一般的な統一である。それは類としての統一を自覚する意識の登場を準備するのだ」と。ここで統一とは対立の止揚。ヘッセの対立、統

一理論想起。(傍点筆者)

ドストエフスキーを制する者は文学を制するというのが筆者のモットーである。参考までに、ドストエフスキー文学の方法論を示して置こう。

第二章　ドストエフスキー文学の方法論

ドストエフスキーがペトラシェーフスキイ事件に連座するまでの創作の系譜は、普通、空想主義の時代と言われている。それは、小説の主人公に巣食う性格や言動が空想的観念的性格を帯びているからである。

この空想主義は、初期に止《とど》まらず、中期、即ち、ドストエフスキーの前期の作品全体に言えるのであり、総じて、『貧しき人々』(一八四五年)から『地下生活者の手記』(一八六四年)までの世界は、小説の主人公の性格の背後に裏合わせに位置する現実の不安感、危機意識を内包している。位相を把握する上で『白夜』(一八四八年)が重要である。

前期は、大都会、ペテルブルグの片隅、密室の住人の性格や言動の空想性、現実(生活)

に対する危機感包含を第一骨子とし、第二のそれは、孤高のロマンティストたちの、弱者としての身の破滅であった。

ドストエフスキーの前期は、夢想家と現実に於いて、把握さるべき側面を持っているが（『ペテルベルグ年代記』『ペテルブルグの夢』が重要）、他面に於いて、弱者が陥りやすい人生の悲劇を、直視し、検討し、仮借なき批判の刃《やいば》を下したのが、前期の文学の特徴と言える。従って、ドストエフスキーの文学の系譜における前期（初期・中期）は、教訓の世界と言える。

弱者が、教訓にしなければならないことを、『貧しき人々』から、『地下生活者の手記』までの世界に作者が仮託し、論じたものである。

ドストエフスキーの場合は、前期の創作系譜を通じて、一貫性、統一性がある。即ち、安易な妥協をしたり、強者に足許をすくわれたり、苦痛の快楽をしたり、敵の存在に気が付かなかったりすることなどによる人間悲劇である。〔こういう予備知識（抽象的命題）無くして、いきなり、ドストエフスキーと言っても、読者は途方に暮れるばかりであろう〕

処女作『貧しき人々』では、ヴァルヴァーラはジェーヴシキンとの清廉な関係を断って、ブイコフとの安易な結婚に依って、経済的な活路を見出し破滅するのである。

『分身』（一八四六年）では、我が善良なる孤高のロマンチストたるゴリャードキン氏が、死と消滅の境を彷徨したりする。つまり敵の存在に気が付かなかったのである。『プロハルチン氏』では、主人公は、自分はぼろっきれであることを知り抜いていたが（敵の存在に気が付いていて）、一時にせよ、彼ら、下宿人たちの恣意的な裁量下に身を委ねたがゆえに、身の破滅を招くべく、一斉攻撃を受ける。

初期の幕を閉じた最後の作品は、『ネートチカ・ネズヴァーノヴァ』（一八四九年）である。ネートチカの継父エフィーモフは、自分の才能、未来の栄光の幻想につかれて、破滅の人生を余儀なくされる弱者である。

流刑時代の終わりにさしかかったドストエフスキーは、『伯父様の夢』を一八五九年三月に、掲載したのである。

『伯父様の夢』でジーナ親子を登場させ、ジーナは自分を顧みずに、母の持ち出す結婚話の諾否の彷徨や悔恨の後に、今度の縁談が山師的性質だと公に表明する。

ここで、ジーナのヒロイックな態度が称えられるべきであるが、事態（作者の視点）は、もっと深刻である。

母子共に、市から退去を余儀なくされる形で、破滅する。この大破滅の原因の一を成すのは、有象無象の圧力（噂）であるが、これは根本原因ではない。作者はジーナ暴露（結婚の意図）に疑問を表明している（第十四章）。

孤高の人は、「空想的なジーナの性格は、実生活が要求する体面の埒を越えさせた」（第十四章）という、暴露への評価を受け、ヴァーシャの死後、彼女は威嚇的な陰惨な新しい生活を感得するという弱者の憂き身をやつす。

ここに、夢想家に於いて、ジーナへのセンチメンタリズムの導入により、『罪と罰』の位置付けが可能となる。『罪と罰』の「シニズム、ニヒリズム」の骨格が、このセンチメンタリズムに依って、それが克服される形で、「現実」という概念を獲得するのである。『伯父様の夢』と同じ年に発表された『スチェパンチコヴォ村とその住人』（一八五九年）では、弱者的タイプであるロスターネフ大佐は、七年間、フォマーの恣意（支配）に服した。

『地下生活者の手記』（一八六四年）に於いて、弱者として破滅を暗示する三つのエピソードを語った後に、我が二十日鼠は、自己の支柱とすべき根本的理由（基礎）を探索するが、無限に下向して、要は見つからず、徒労に終わる。

この探索は無駄に終わらず、直情径行的人間や開拓精神（若人のいちずさ）を手掛かりにして、平静に生き、荘重に死ぬ夢想家の表札をはずし、その殻を脱皮せんとする胎動が始まる。十九世紀の人間の無性格な存在（夢想家）から、性格の不安定性への移行が『手記』に於いて、重要である。（傍点筆者）

第七節以下、自意識（苦痛、呪詛）と反合理（理性）、即ち意欲の旗印を高く掲げて後期作品への橋渡し（現実生活の歩み）の任務を担っている。

後期の開始を告げる『罪と罰』が世に出るためには、『地下生活者の手記』という序曲が書かれねばならなかった。

その『罪と罰』のスヴィドリガイロフと類縁関係にある者を求めれば、『虐げられし人々』のヴァルコーフスキイ公爵の名が浮かび、指摘されよう。

他者に評させると公爵は淫蕩と悪業のモンスターということになる。公爵の強い生活力には、シニズムが人生哲学として横たわっているが、この現実主義の精神の萌芽は、さらに、『地下生活者の手記』第二部の初めの方で開陳された「悪玉と現実」へと、煮つめられる。

〔以下、過渡期と転換点の明示〕

それに依ると、紛れもない悪党が、潔白な魂を持ち得、我がロマン派の中からは、絶えず腕ききの悪玉が出て、驚くべき現実に対する敏感さを示す。（傍点筆者）

この箇所が、『地下生活者の手記』の集大成的性格における、夢想家の地下世界から、現実の活動の舞台への移行の担い手を悪玉としているように、読み取れる点が興味を引く。

「悪行・悪玉」の権化たるラスコーリニコフは、敢然と殺人という行動に躍り出た。

後期四部作に於いて、『罪と罰』（一八六五年）では、「現実への楔としての行動」や

「強者（小数者）の優越思想」というラスコーリニコフの思想や、『白痴』（一八六八年）では、「永遠の生滅としての世界」や「真摯な生活者の姿勢」というムイシュキン公爵の人生観などが、展開される。

『罪と罰』で、約束せられた「新しい現実を知る物語」（エピローグ）とは、スイスのシュナイデル医院から、父親の国（ロシア）へ登場するという構図において、うかがえるが、この構図はまた、『罪と罰』で明らかにされた行動としての現実の開始と生活としての現実の暗示における、後者（『白痴』のそれ）の一試みでもある。

以上、ドストエフスキー文学の概略（方法論含む）である。

このことに依って、古典文学の本質を掴むための楔を打ち込むという目算が立てられた訳である。ドストエフスキーを制する者は、文学を制するという言葉をもう一度、思い起そう。大学の先生の学問的業績とは、一味違った趣を呈すると言えるであろう。

我々庶民は思想家ではない。ぜひ、個人全集を読んで、自らの手で作家論（古典文学では作品論に相当）を掴み取った後に、思想家や著名な研究者の著書に接して行こうではないか。作品論のノート的解釈でも力になり得る。

第二部　個別作品論

第一章　『伊勢物語』

第一節　序（古典文学《歌物語》の始祖）

『源氏物語』（「絵合《えあわせ》」の巻参照）をはじめ、後世のわが国の文学に大きな影響を与えた『伊勢物語』は、在原業平を主人公とする歌物語である。初冠の段に始まり、終焉の段に終わる業平の一代記で、さまざまな挿話が歌とともに一二五段の短篇の中に語られる。

『源氏物語』に於ける、「宇治十帖」以前の世界、即ち自然奔走な好色生活（光源氏の）から、「宇治十帖」の世界に於ける、中の君、大姫君の精神的性意識（主として永遠の愛）へという転換に鑑みて、『伊勢物語』に於ける、初段から第四十段までの世界、即ち色好みの行動の典型から、第四一段から、第一二五段までの世界（永遠なる、精神的性意識）へと転換を図った作品と言える。

「絵合」で紫式部は、「ただの恋愛談を技巧だけで綴る小説に業平朝臣《あそん》を負けさせてなるものか」と語る。つまり、作り物語としての『伊勢物語』の暗示か。

第二節　初段から第四十段までの世界
——色好み行動の典型——

先ず、色好みの行動の代表例として、初段、第四段及び第四十段を検討して見たい。

初段では、狩りに行った男が、その里で、「なまめいたる女」（たおやかな女の美しさを言う）が住むのを垣間見て、心乱れ、自分の狩衣を切って、歌と共に贈った。その歌は、「春日野のようなあなたがたの姿に、この狩野の模様どおり、私の心は千々乱れています」であり、「陸奥のしのぶもじずりのように、つれないあなた故にこそ、私の心は千々に乱れることになったのです」という歌の趣向を踏まえたものだ。作者は語る。即ち、『昔の人は、こんな熱烈な風雅のふるまいをしたものだった』と。『源氏物語』の若紫の巻（北山の垣間見の場面）は、この『伊勢物語』の初段の写しであると言われている。（傍点筆者）

第四段では、昔、東の五条に大后の宮がいらした。その西の対に住む人がいた。その人を、深く愛していた人がねんごろに訪れていたが、正月の十日ほどの頃に、よそに姿を隠してしまった。翌年の正月に、梅の花盛りの頃、去年（の今ごろ）を恋しく思って、月の傾くまで横になって、去年をおもい出して、「月が昔のままの月でない、春が昔のままの春でない、そんなことがあろうか——わが身だけが昔のままのわが身であって——」と詠んだ歌を残し、夜のほのぼのと明ける頃に、泣く泣く帰ったのだった。

第四十段では、昔、若い男が、なかなかきれいな女を愛するようになった。男の思いは、いよいよつのる。急に、親が、この女を無理に追い払った。男は、血の涙を流して悲しんだが、引き止める手だてもない。男は、泣く泣く（次のような歌を）詠んだ。即ち「連れて出て行ってしまうのならば誰だって別れがむつかしいことがあろうか。別れるよりほかはないのだ、今までよりも一層、あれがいとしく思われる今日のこの悲しみよ」と詠んで、息が絶えてしまった。その後、やっとのことで息を吹き返したのだった。末文で、「昔の若人はさる好けるもの思ひをなむしける。今の翁、まさにしなむや」（昔の若者は、そんな好色一途の恋の悩みをしたのである。今の年寄りじみた連中は逆立ちしたってできようか――現代語訳）と、作者は語る。

何れも、色好みの行動の典型を、示している観がする。第四〇段では、年寄りの恋の価値よりも若者（好色一途の恋）への過渡期の明示。

ちなみに、第一〇段と第一四段と第三九段も、示して置こう。第一〇段では、昔、男が、武蔵の国まで、うろうろと出かけて行ったのだった。そうして、その国にいる女に求婚した。（女の）父は、ほかの人にめあわせようと言ったのだが、母の方が、素姓の尊い人に執心したのであった。母の方が藤原氏の出なのであった。そこで、素姓の尊い人に（娘を）と、思ったのであった。母が婿にと思い定めた男に次のような歌を詠んでよこした。即ち、「三芳野の日の面におり立っている——あなたを頼りにしている——雁も、ひたすらあなたに心を寄せているということで鳴いているようです」と。

婿にと思われている男の、返しの歌は、「私の方に心を寄せているということで鳴いているそうな三芳野のたのむの雁を、私がいつ忘れることがありましょうか」であった。

結婚のきめ手が、「身分」であって、「人格」でない点、すき者の風流は、この場合も貫徹していると言わざるを得ない。（傍点筆者）

第一四段では、昔、男が、陸奥に、ふらふらと行ってしまった。そこに住む女が、京の人はすばらしいと思われたのだろうか。そこで、その女が次の歌を男に詠みおくった。即ち「なまじっか恋いこがれて死んだりせずに、夫婦仲のよい蚕《かいこ》になったらよかった、つかの間の短い命でも」と。田舎くさい歌だが、いとしく思ったのだろうか、行って寝たのだった。（男が）朝、暗いうちに帰ってしまったので、女は、「情愛」をこめて歌を詠んだにも拘わらず、男は「京へ行って来ます」と言って、（別れの歌を）、即ち「栗原の姉歯の松が人であるならば、——あなたが人並みの女であるならば——都へのみやげに、さあ一緒にと言うところなのだが」と詠んだところが、（女は）喜ぶまいとか、「あの人は私を思ってくれたらしいよ」と、言っていたのだった。

いかにも、庶民の恋愛話と言ったところだろうか。ここにも、男女の色好みの行動が典型的に示されていると言えよう。

最後に、第三九段に移ろう。西院の帝の皇女で、崇子という方がいて、その皇女《みこ》が、お亡くなりになって、御葬送の夜、その宮の隣に住んでいた男が、女車に一緒に乗って出たのであった。（皇女を悼んで）泣くだけで終わりになってしまいそうだった時に、天下にその名も高い好色家の源の至《いたる》という人が、このことを女の乗っている車と見て、近寄って来て、何かと色めいたそぶりをするその時に、その至が、蛍をつかまえて女の車に入れたのを、車に乗っていた女が、「この蛍のともす火で、姿が外に見えるかもしれない、このともし火を消してしまいましょう」ということで、一緒に乗っていた男が（女にかわって）次のような歌（「いでていなばかぎりなるべみともし消《け》ち年経ぬるかと泣く声を聞け」）を詠んだ。その至の返しの歌（「一方、ともし火を消したとおっしゃるが、蛍の思ひの火は消そうとしても消えるものでもないと私は存じますよ」）であり、作者は、好色家（順の祖父）としては、平凡な歌と語る。

ところで、「老夫婦の情愛」を描いた、名高い第九段（東下り）や、第一六段（紀有常）も出現するが、割愛したい。

その他、色好みの行動の典型のパターンを挙げれば、第六段、第一五段、第一八段、第二〇段、第二一段（おのが世々）、第二二段（千夜を一夜に）、第二三段（筒井つの）、第三七段（下紐解くな）などがある。

第三節　第四一段から第一二五段まで
――精神的性意識（永遠の愛）――

先ず、第四一段（緑《ろう》さうの上の衣）、第六五段（在原なりける男）、第七七段（安祥寺）、第一〇七段（藤原の敏行）で見て行こう。第七七段を除いて、何れも、若い男女が主人公である。

第四一段では、昔、女の姉妹が二人いた。一人は、身分の低い夫で貧しいのを、一人は高貴な身分の夫を持っていた。身分の低い夫を持った女が、十二月の月末に、着物を洗って自分で張った。着物の肩を張る時破ってしまった。途方に暮れて、ただ泣くばかりであった。このことを、かの高貴な身分の男が聞いて、とても気の毒に思ったので、とても見事な着物を取り出して、贈る時（それに添えて）「紫草の色濃い時は目も遙かな野の草木もひとしなみにいとしく思われることでした――いとしい妻のゆかりのあなたは私にとって妻と同じように思われるのでした」という歌を贈った。

つまり、最愛の妻と同じように大切なあなたと言いたいのであろう。精神的性意識の一環として捉えられるであろう。何れも若夫婦である。

第六五段では、昔、帝が、御寵愛になって召使っておられる女で、禁色の着用を許されている女がいた。（清涼殿の）殿上の間にお仕えしていた在原氏であった男で、若かったのと、この女は、情を通じていたのだった。（年少だったことから、成人の入ることの出来ない）女官たちの居出への出入りを許されていたので、この女の向かい合わせに坐っていたものだから、女は、「とても見苦しいことです。もうこんなことをするのはおやめ下さい」と言ったところ、次の歌を男は詠んだ。即ち「あなたを恋い慕う思いには人目を忍ぼうとする気持ちなど負けてしまいました。身が破滅するなら破滅しても構いません」と詠んだら、（いつものように、上がり込んで坐っていたので、女は、思い余って（宮中を退って）実家に行く。そうした拠、男はそれを好都合だと思って、（その実家に）通って行ったので、人々はみんなそのことを聞いて嘲笑した。（男は）このままではわが身もだめになってしまいそうなので、「私のこうした恋心をなおして下さい」と、仏や神にもお願いしたのだが、恋心は募るばかりで無駄であった。

こうしているうちに、帝が（二人のことを）お聞きつけあそばして、この男の方を流罪にしてしまわれたので、この女の従姉は、女を宮中から退出させて、蔵に閉じ込めて、折かんなさったので、（女は）蔵に閉じこもって泣いている。女は歌（「何もかも私のせいだと思って、声をあげて泣きましょうが、決してあの人との仲を恨みに思ったりはすまい」）を詠む。

この男は、流された地方の国から夜ごとに（京に）やって来て、心にしみ入るように歌うが、この女は、蔵に閉じこもったままで、相逢うことはできもしない状態で日を送っていた。女は歌う、即ち「今はこのように相逢えずにいるが、きっと逢えるだろうとあの人が思っているらしいのがとても悲しいことです。生きているとも言えない〈私の〉身の上を知らないでいて」と。

男も歌う、即ち「なすところもなく無為に京に行っては戻ることなのに、〈あの人に〉逢いたい気持に誘われ誘われいいして」と。

流罪や蔵への閉じこめという障害＝ハンディキャップがあること、即ち物質的障壁が二人の前に立ちふさがることによって、二人の精神的性愛意識は、永遠性をかち得ることになったと言えるであろう。

第七七段では、昔、田むらの帝が、おいでになった時の女御で、多可幾子と申し上げる方が、いらっしゃった。その方がおなくなりになって、安祥寺で御法要をいとなんだ。人々がたくさんお供えした捧物は、千ささげほどもあった。藤原の常行殿が、（法要の際の）経文の講義が終わるころに、（参会者の中で）歌を詠む人たちをお呼び集めになって、今日の御法要を題として、春の趣のある歌をさし上げなさる。（そうしたら）老人が、（捧物の山と本当の山と）見まちがえたまま詠んだ、「山がみなここに移り動いて出現し、今日この御法要に参会したということは、逝く春との別れ（女御との別れ）を弔うというのであろう」と詠んだのを、今見ると良い歌でもなかったが、すぐれていたのだろうか、（そこにいた人々はみな）深く感動したのだった。

つまり、故人が（生前と変わらず）死後の世界及び時間に対して、弔いを受けるに価する人物であったように思える。死者への永遠の愛が唱え上げられるのであろう。

第一〇七段では、昔、身分の高い男がいた。その男のところにいた人（女）を、藤原の敏行という人が求婚した。女は代筆で文案と歌を書いて貰い、（男のところ）におくった。男はうろたえる程感動して、（次の）歌を詠んだ。即ち「降りつづく長雨に川の水かさもまさるでしょうが、私の方もただ所在なくあなたのことを恋しく思って物思いに沈んでいますので涙が長雨で水かさのふえた川のように流れていて、袖があふれるばかりでお逢いする手だてすらありません」と。

（女の）返しの歌、いつものとおり、（主人である）男が、女にかわって、「涙の川——あなたの私を思って流す涙の川――が浅いから袖だけが濡れている。あなたのお心（涙の川）が深いと分かりましたら――あなたをお頼り申し上げましょう」と言ったので、男は感心して、（その後）男が手紙をよこした。（それは、男が女を）自分のものにして後のことであった。男は、自分の好運を雨空に託し、「雨が今にも降りそうですので、雨空を見ておうかがいしましょう」と言ったので、（女の方では）いつものとおり、（主人である）男が女にかわって（次のような歌を）詠んで、届けさせてる、即ち「私のことを思っていて下さるのか思って下さらないのか、お尋ねすることもむつかしいものですから、それほどにしか思われていないわが身の程を思い知って流す悲しみの涙がますますひどく降って来ています」と詠んでおくった拠、男は雨にぐっしょり濡れてあわてふためいてやって来たのだった。

つまり、男と女の精神的性意識（性愛）の深さ（逢引きを妨げる長雨と雖も、女の〔悲しみの〕涙の川の深さに応じるべく、男は〔雨に〕ぐしょぬれてやって来た）の披瀝ではないか。若い男女を扱っている。

ちなみに、『伊勢物語』で、精神的性意識に敷衍して論ぜられるのは、次の二点である。

一つは、第五八段（長岡）での大勢の女たちの、色好みの男への求愛に比しての、第四七段（大幣《おおぬさ》）での、浮気男に対する女の冷淡な態度を崩す、男の歌の返し即ち、「大幣は流れても最後に流れつく瀬――決まった一人の女――はあると言うではありませんか」を想起し

たい。（傍点筆者）

つまり、愛の全一的感情（普遍性、一回性）を歌い上げた『伊勢物語』の特異性の一つではないか。

二つ目の特異性は、第八五段（身をしわけねば）である。そこでは、昔、男がいた。子供の頃からお仕え申し上げていたお方が、御髪をおろして出家してしまわれた。（しかし、男は、その後も）正月には必ずおたずねした。昔お仕え申し上げていた人が、普通の人も、出家した人も、おおぜい参集して、年の始めということで、御酒を下さった。そこで（男）が詠んだ歌は次のとおり、即ち「今日こうしてなつかしいあなたさまのおそばにいつまでもいられるように、雪が降り積もって京に帰れませんのは、私の本懐とするところです」と詠んだのである。

つまり、主従関係のみならず、精神的性意識の片鱗を忍ばせる関係であろう。出家という一種の俗世間との関係を断っても（女への）愛の永遠性を獲得を確保したのではないか。主従愛を越えた何か精神的愛。

ちなみに、『源氏物語』の「絵合」の巻で、「子供たちをよく教育してりっぱな人物、すぐれた女性にしてみようと思う精神と出家のことは両立しないのであるから、どっちが本当の源氏の心であるかわからない」とある。

この源氏の出家（長寿を得るため）は、第八五段の出家とは、異質の性格を有し、「御《み》法《のり》」の巻の紫夫人、「総角《あげまき》」の巻の大姫君、「手習い」の巻の浮舟は、何れも、結婚（生活）よりも、出家（尼生活）を願うことを想起したい。（「総角」で大姫君は、「もしこの病で死ぬことが出来なかった場合には、病身であることに託して尼になろう。そうしてこそ互いの愛は永久に保たれることになるのだから」と語る）

その他、第四一段から第一二五段までの世界に於いて、その精神的性意識の系譜としては、第四二段（いでて来し）、第六九段（狩の使）、第七五段（みるをあふにて）、第七八段（山科の禅師の親王）、第八二段（渚の院）、第一二一段（梅の花笠）などである。

以上、初段から第四〇段までの世界（色好みの行動の典型）から、第四一段から第一二五段までの世界（精神的性意識——永遠の愛）へと、転換（青春の書）を図ったのが、『伊勢物語』の基本的構図である。その他、石田氏は解説で、『源氏物語』の絵合の巻で、『伊勢物語』が、『竹取物語』や『宇津保物語』の作り物語と同じ扱いを想起しようと語る。（傍点筆者）この成立論に、『伊勢物語』の本質が在ると語る。

（『竹取物語』について、「絵合」で紫式部はかぐや姫の上った天上の世界は空想の所産で、地上の生活は非貴族的で美しくない、彼女の性格に、人間の理想の最高のものが暗示されていると語っている。古典文学の黎明の原型。

作品は、二つの主題から成り立ち、一つは、世俗での翁夫婦とかぐや姫との愛情に満ちた生活の継続と月の世界の脱俗生活との葛藤であり、つまり、世俗的欲求と超俗への憧憬の葛藤である。これは、『源氏物語』の紫上の死に伴う、光源氏の出家の決意にパロディ化されていると、言われている。

もう一つは、月の国からやって来た世にも美しいかぐや姫は、求婚者五人に難題を課して次々と破滅に追いやり、帝までも退けた点から見て、次の構図、即ち、「色好みの行動への志向（求婚者たちの）（地上の）」から、「月の世界（永遠の愛）（精神的性意識）（かぐや姫の）」への転換を図った構図と言える。

その論拠として、次の二点が挙げられる。第一点は、結末で、「さあ、かぐや姫、穢《けが》れた所に、どうしていつまでもいらっしゃることが許されよう」と天人が言う言葉である。月の世界の高貴な生活と俗界（求婚者たちの下心）との対比である。

第二点は、姫が月の世界に戻る前に、翁に渡した「不死の薬」と「手紙」であり、結末で、翁の手から中将を介して、帝に差し出される。手紙の内容は、「衣を形見として。月（私――永遠の人）の出ている夜（闇地の求婚者たち）には」である。

帝が不死の命を持つことは、即ち超俗の人として月の都の人と同然になって欲しい、との姫の切望を示すものであろう（上坂氏の解説）。但し、帝は文と不死の薬を焼き捨てることによって、権勢欲に執着を示す。月の世界での高貴な、永遠に精神的性意識を持ち続けるかぐや姫と言えるであろう。

次に、『宇津保物語』は、普通、四代にわたる秘琴の伝授を主題とし、皇位継承をめぐる対立を絡めて語られる物語と言われている。

「俊蔭」の構図について、原岡文子氏は解説で、「和歌的美意識の秩序に収まらないいまなざしが、夜の時空の温かさを浮上させた」や「少女は、恋の嘆きや孤独の闇の風景とは無縁の、夜の温かさを瑞々しく刻み上げた」と語る。

第二章 『源氏物語』

第一節 光源氏の自然奔放な好色生活
――「宇治十帖」以前の世界――

当時のプレイ・ボーイ（源氏は、「普通の夫婦生活は重荷で、独身のような暮らしばかりしている」（「若紫」）と語る）たる貴公子光源氏が演ずる、不義は蒙るが、自由奔放な性生活の小説描写である。（十二歳で元服と結婚している）

先ず、「宇治十帖」以前の世界で、注目したいのが、冒頭の「桐壺」の巻の更衣の境遇と「若紫」の巻の彼女への教育の言及の箇所と「須磨」の巻の須磨追放（引退）の描写である。

第一の桐壺の更衣だが、「帝の深い愛を信じながらも、悪く言う者と、何かの欠点を捜し出そうとする者ばかりの空中に、病身な、そして無力な家を背景としている心細い更衣は、愛されれば愛されるほど苦しみがふえるふうであった」と、帝の寵愛を一身に集めた桐壺の

更衣の苦悩は深かった。(傍点筆者)

御殿の住人たちの恨みとは、「召されることがあまりに続くころは、打ち橋とか通い廊下のある戸口とかに意地の悪い仕掛けがされたり、廊下の戸に錠がさされてあったり、彼女の通り路をなくして辱しめるようなことなどもしばしばあった」に於いて現われ、恨みの頂点は、「帝は更衣を憐れんで、後涼殿に住んでいた更衣をほかへお移しになって、桐壺の更衣へ休息室としてお与えになった」ことである。

この更衣の第二の皇子が光源氏であり、母桐壺の更衣の弱さと真情を受け継いだような人である。高い身分で、桐壺の更衣に容貌も似ていて源氏の愛の対象となる人が藤壺である。

第二の紫の上(後の紫夫人)であるが、病気を治してもらうために行った家で、光源氏は、身分のきわめてよい、「愛する者を信じようとせずに疑いの多い女でなく、無邪気な子供を、自分が未来の妻として教養を与えていくことは楽しいことであろう。それを直ちに実行したいという心に源氏はなった」(『若紫』)という少女を垣間見ることになる。

後の紫夫人である。ちなみに、光源氏が物語中、結婚したのは六度以上であり、この紫上と葵《あおい》上(源氏十二歳、彼女十六歳の時)と女三の宮と玉かづら夫人、明石夫人、花散里夫人(後者三者は、「若菜上」に記述されている)である。

左大臣の令嬢(葵の上)は、大事にされて育った美しい貴族の娘(「桐壺」の巻)や完全な女（「紅葉賀」の巻）であり、女三の宮については、朱雀院（重い学問はないが、芸術的な趣味の豊かな父は娘女三の宮よりも紫上に投影されている）はどうして御愛子をこう凡庸に思われるまでの女にお育てになったかと院（光源氏）は残念な気もあそばされた（「若菜上」）のであるのに対して、「若紫」の冬、源氏は紫上を二条院に迎え取って以来、光源氏は彼女に多くの教育を施して、最愛の妻としてかわいがる。

　光源氏は、「足らぬ所を心で補って平凡なものに満足すべきであるという教訓を、多くの経験から得てしまった自分であるから、これをすら妻（女三の宮）の一人と見ることができる。そうお考えになると、離れる日もなく見ておいでになった紫の女王の価値が今になってよくおわかりになる気がされて、御自身のお与えになった教育の成功したことをお認めにならずにおられなかった」（「若菜上」、傍点筆者）と思う。

　この教育は後に、「十月に紫夫人は院（光源氏）の四十の賀のために嵯峨の御堂で薬師仏の供養をすることになった。仏像、経巻の包みは極楽も想像される。そうした最勝王経、金剛、般若、寿命経などの読まれる頼もしい賀の営みであった」（「若菜上」）に於いて、結実された。紫上が三十二歳の時であった。紫夫人が御仏道に於いて、その知識人振りを示す。源氏は紫上に琴を習わせ、手本（「蛍」での物語の手法参照）を書いて、彼女に習わせた点（「紅葉賀」）をも考慮に入れたい。

但し、「雨夜の品定め」（「帚木」）では、賢女は理想的なものではないものとして、一定程度、否定されている。ともあれ、光源氏五十一歳、紫上四十二歳の時、その春、紫夫人は病のため出家を願う。三月十日紫上六条院で法華経千部の供養、即ち、「以前から自身の願果たしのために書かせてあった千部の法華経の供養を夫人はこの際することとした。……仏道のほうにも深い理解のあることで夫人（紫上）をうれしく思召《おぼしめ》した院（光源氏）は……」（「御法」）とあるが、これも、光源氏の長年の紫夫人への教育の成果の一環とも言えるし、又、彼女が知的にも性質のよさ（「紅葉賀」）も、彼にとって理想の妻になっていたことを証明するものだ。「雨夜の品定め」では、「まじめで、素直で少しの見識のある人を妻にすべし」と語る。

第三に、「須磨」の巻に移ろう。先ず冒頭、光源氏二十六歳の時、春、彼は須磨に引退を決意する。即ち、「当帝の外戚の大臣一派が極端な圧迫をして源氏に不愉快な目を見せることが多くなって行く。このままで置けば今以上な禍《わざわい》が起こって来るかもしれぬと源氏は思うようになった。源氏が隠せいの地に擬している須磨という所は、近ごろはさびれて人口も稀薄になり」と、この須磨は、後に芭蕉が『おくのほそ道』〈種の浜〉で、「寂しさや須磨にかちたる浜の秋」（句意は、この色の浜の寂しさは、古来名高い須磨の秋景色よりも勝っているように感じられるである）と句作した土地である。

とにかく、煩悶した結果、光源氏は須磨へ行こうと決心したのである。約一年間の須磨での引退の間の略述を試みよう。三月末源氏離京、須磨に着く。方がたより須磨に返事が来る。源氏須磨にわびしい秋を過ごす。八月十五日源氏月を見て京をなつかしむ（七月尚侍参内を許されている）。冬、源氏京を思って日を送る。三月十三日明石入道船を仕立てて源氏を迎えに来る筈である。

一年に亘《わた》る須磨の生活を見る時、光源氏は政治家というよりも、風流人であったと言えるし、それだけ一層、親しみを感ずるのである。

以上の三点（例）から言えることは、プレイ・ボーイたる光源氏を単なる頽廃的な好色家（俗人）でなく、自由奔放なスーパー・スターとして把えられる人物であると。一口に憎めないと。

作品に即して、詳しく見ても行こう。

先ず、光源氏の容貌《ぼう》だが、「光君がおかくれになったあとに、そのすぐれた美貌を継ぐと見える人は多くの遺族の中にも求めることが困難であった」（「匂宮」）とは、光源氏死後の彼への評価であり、このことは、光源氏が三歳になった時に袴着の式が行われた陰の人々の批判の次のことも言える。即ち、「成長されるこの皇子の美貌と聡明さとが類のないものであった」（「桐壺」）と。

さらに、第二帖「帚木《ははきぎ》」の巻では、「光源氏、すばらしい名で、青春を盛り上げてできたような人が思われる。自然奔放な好色生活が想像される。しかし実際はそれより質素《じみ》な心持ちの青年であった」と作者は語る。

次に、光源氏の自由人たる人物像に焦点を当てると、次のようになる。舞踊（朱雀院《すざくいん》行幸前の試楽に源氏頭中将と青海波を舞う。――「紅葉賀」）、和歌（源氏春宮に参り藤壺との唱和――「さかき」）、古典文学（兵部卿宮、古万葉集、古今集を取り寄せて源氏に贈る。――「梅が枝」）、美術（源氏紫上に絵をかいて贈る。――「明石」）、仏道（源氏故院のために御八講を営む。――「みお標《つくし》」）、音楽（源氏玉かづらの西に対に渡り和琴を弾じて「貫河」を謡う。――「常夏」）、琴の教授（源氏女三の宮に琴を教授。――「若菜下」）、音楽理論（源氏夕霧と音楽について語る。――「若菜下」）などが挙げられる。

以上、光源氏の自由人たる面目を果たす諸芸の披瀝であったが、何と言っても、光源氏の文芸の才即ち学問の才についての言及を特筆したい。

先ず、光源氏は七歳で読書を始め（「桐壺」）て、三十六歳の時、源氏は玉かづらの方で物語について語る（「蛍」）。

そこでは、光源氏は「嘘を言い馴れた人がいろんな想像をして書くものでございましょうが、けれど、どうしても本当としか思われないのでございますよ」と、小説の特異性を虚構（フィクション）に見て、そこにこそ真実が現われるのだと語った上で、「人間のだれにもある美点と欠点が盛られているものが小説であると見ればよいかもしれない」や「結局は皆同じことになって、菩提《ぼだい》心はよくて、煩悩《ぼんのう》は悪いということが言われてあるのです。だから好意的に言えば小説だって何だって皆結構なものだということになる」と源氏は語って、小説が世の中での存在を許した訳である。（傍点筆者）即ち、小説は対立概念で、成り立つ。

つまり、小説は「善と悪（悪から善への転換——筆者註）から成り立つ」点が第一で、第二に「宇治十帖」以前の世界が悪であり、「宇治十帖」の世界が善であることの暗示を読者に示しているのではないか。『伊勢物語』の良き理解者、後継者が『源氏物語』と言われている。

以上の研究者的視角・見識がバックボーンとなり、「憎めない」、性生活に於いて、颯爽《さっそう》と活躍する自由奔放な光源氏の色好みの行動の典型は、次の合計二十巻の各巻に該当する。

それらは「雨夜の品定め」で論じられた恋愛のタイプ・パターンを示すが如くである。

第一に「空蝉《うつせみ》」（夏、源氏三たび中川の家に宿り、空蝉と誤って軒端萩と逢う）（「源氏は空蝉の極端な冷淡さを指摘する。あの女が言うがままになる女であったなら、気の毒な過失をさせたということだけで、もう過去に葬ってしまったかもしれないが、強い態度（反抗心＝負けたくない）を取り続けられるために、その人を忘れている時は少ないのである。空蝉階級の女が、源氏の心を引くのは、雨夜の品定めを聞いた故に」（「夕顔」の巻）や雨夜の品定めでも、「素知らぬ顔で、心の恨めしさに気もつかず（冷淡さに相応）、あちらではまだ忘れられずに、つらい悲しい思い（嫉妬深い女）をしている。これなどは男に永久性の愛を求めようとせぬ態度に出るもので、確かに完全な妻にはなれませんね」と有る）第二に、「夕顔」（八月十五日夜源氏夕顔を其の院に伴う）、第三に、「若紫」（藤壺懐妊）、第四に、「末摘花」（冬、源氏末摘花の方に宿り、翌朝その醜貌に驚く）、第五に、「紅葉賀」（源氏紫上の愛を深める）、第六に、「花宴」（源氏朧月夜の君と逢う）、第七に「葵《あおい》」（葵上懐妊、源氏紫上と結婚）、第八に、「さかき」（九月七、八日源氏野の宮に御息所を訪う）（〔藤壺は〕源氏の情火から脱《のが》れえられたことにもお悦びがあった）、第九に、「花散里」（夏、雨月雨のころ源氏麗景殿女御を訪れ花散里に対面）、第十に、「明石」（夏、六月ごろより明石上懐妊の兆）、第十一に、「よもぎ生《う》」（源氏末摘花の生活を助け、二条院の東院に迎えることを約す）、第十二に、「薄雲」（藤壺死去、諸人これをいたむ）（彼女の生前、源氏は、丁寧に感情を隠し、理智だけをお見せになる藤壺を恨んでいた――「さかき」。源氏は雨夜の品定めで「恋しい藤壺の宮は足りない点もなく、才気の見えすぎる方でもないりっぱな貴女であるとうなずきながらも、その人を思うと胸が苦しみでいっぱいになった」と思い続ける）（藤壺は源氏の子を産む〔紅葉賀〕）、第十三に、「玉かづら」（源氏その夜玉かづらと対面。紫上にそのことを語る）、第十四に、「初音（源氏三十六歳）」（正月一日源氏明石の姫君花散里玉かづらを訪い明石上のもとに宿泊）、第十五に、「胡蝶《こちょう》」（源氏しばしば玉かづらを訪れ想いを深める。即ち「もとから愛している上に、そうなればまた愛が加わるのだから、それほど愛される恋人というものはないだろうと思われる」と源氏は言った。変態的な理屈である。さらに、「夫婦の道の第一歩は、一緒に踏み出すのではありませんか。もう馴染《なじ》んでから長くなる私が、あなたと寝て、それが何恐ろしいことですか」や「限りもない、底もない深い恋を持っている私は、あなたに迷惑をかけるような行為は決してしない」と源氏は語った）、第十六に、「真木柱」（冬、十一月玉かづら若君を生む）、第十七に、「若菜上」（二月十余日女三の宮六条院《光源氏》に降家、三月十余日明石女御御産）（柏木女三の宮を慕う）

（柏木小侍徒を介して文を女三宮に贈る）第十八に、「若菜下」（五月ごろより女三宮懐妊の兆し＝不義の子薫）（源氏女三の宮を訪い、二、三日後帰ろうとして女三宮にあてた柏木の文発見）、第十九に、「幻《まぼろし》」（源氏女三の宮を訪い、明石上を訪う）（次第に恋愛から超越しておしまいになった源氏は、純粋なお心になれなかった時代に、どの人と交渉の生じた場合にも煩悶を紫夫人にさせたことを後悔される）（故紫夫人に仮託しながら——同棲の意味〔感情の美しさの現われやあの人の芸術などに依る、深い哀愁へ〕で、源氏の恋愛から純粋なお心（恋愛の超越）へ及び源氏の、中将の君への態度（愛欲から形見と見ての愛へ）という過渡期の明示が、「まぼろし」で現われている）、第二十に、「雲隠れ」（光源氏の死）などである。（傍点筆者）

色好みの行動の典型である「末摘花」の屋敷を訪れる光源氏や後に光源氏の妻となり、柏木と三角関係を結ぶ女三宮への「若菜上」での柏木の、女三の宮への文「一日風にさそはれて御垣が原を分け入り待りしに」が織り込まれていると小川氏が脚注で書いたが、両者の「恋愛」について、兼好法師は「ただ、色好まざらんには如かじ」（現代語訳、ただただ、色恋などにかかわらないにかぎる《第二四〇段》）と結論付けている。（「御垣が原」は高貴な女の屋敷の意）

俵万智氏は解説で、「通い婚、けれど、と思うのだ。同じ光源氏という男性との恋であるのに、どれ一つ、同じ道のりを辿る恋愛はない」とあるのも一応、頷けるが、しかし、愛人（色好みの行動の典型）や結婚相手（素直で少しの見識）を問わず、「宇治十帖」以前の世界に於ける、光源氏の特性は好色生活という概念に包摂される面は、否めないようだ。

結局自然奔放な愛欲生活が超越されるのは、本論稿第二節「宇治十帖」の世界（形見と見ての愛や純粋なお心や精神的性意識）である。

尚、素直で知的人《びと》を代表する紫夫人の言葉「院の同意されぬ尼生活も見苦しく、自分の心に満足出来ぬ点、院をお恨めしく思った」（御法《みのり》）を想起したい。

最後に、女三の宮と不義の関係を持って、薫を出産せしめた柏木を、光源氏は結局、許している点を紹介したい。

右衛門督《うえもんのかみ》の病気は快方に向くことなしに春が来た。右衛門督（柏木）は、人に違った自尊心も失望感から歪められて以来厭世的な思想になっていった（「柏木」）。

柏木と恋がたきの光源氏は、この子（薫）だけ形見に残して、あの思い上がった男（柏木）が、自身の心から命を縮めて死んだかと右衛門督（柏木）が哀れに思われになって、失敬なことであると罪（女三の宮と柏木の不義）を憎んでおいでになった感情も消え、泣かれてしまいになるのであった。（傍点筆者）（「柏木」の巻）

それまで、柏木は女三の宮を慕う（「若菜上」）。源氏は女三の宮を訪い、二、三日後帰ろうとして女三の宮に宛てた柏木の文を発見（「若菜下」）する。

結局、光源氏が柏木を許したのは、同じ好色家としての「好《よし》み」があったからではなかろうか。類は友を呼ぶという諺もあるようだ。

第二節　中の君、大姫君の精神的性意識
――「宇治十帖」の世界――

この両君の抑制された精神的性意識は、宮沢賢治の詩「永訣の朝」を想起させる。
普通、賢治の文学は、「詩『永訣の朝』が転換点。宗教心（恋愛・性欲、現世利益）から哲学的境地へ。哲学的境地（理不尽なこと――妹トシの病死）が到達点（『春と修羅《しゅら》』）」と言われている。

詳しく見て行こう。「永訣の朝」（「けふのうちにとほくいつてしまふわたくしのいもうとよ」「もうけふおまへはわかれてしまふ」）、「オホーツク挽歌」（「けれどもとし子の死んだことならば、いまわたくしがそれを夢でないと考へて　あたらしくぎくつとしなければならないほどの　あんまりひどいげんじつなのだ」）（『春と修羅』）という妹トシの病死の理不尽な、現実に受け入れがたい、哲学的境地への転換は、「小岩井農場、パート九」（『春と修羅』）からのものであった。

即ち、「じぶんとひとと万象といつしよに至上福しにいたらうとするそれをある宗教情操とするならば」「じぶんとたつたひとつのたましひと　完全そして永久にどこまでもいつしよに行かうとするこの変態を恋愛といふ」「その恋愛の本質的な部分をむりにもごまかし求め得やうとするこの傾向を性欲といふ」と。（傍点筆者）（パート九）

この「いつしよに至らうとする（行こうとする）」恋愛、永久と同一線上にあるのが、志賀直哉の『暗夜行路』後篇の直子の「助けるにしろ、助からぬしろ、兎に角、自分は此人を離れず、何処までも此人に随いて行くのだ」の感慨であり、それと対極にあるのが、レールモントフ『現代の英雄』の主人公が、彼女を「所有物」に見なしていると批判される点である。（主人公とはペチョーリンを指す）（志賀の場合、ストレートに永遠を主張する）

永遠の存在共有、所有意識から、現実に受け入れ難い妹トシの死という理不尽なことへの転換に於いて、賢治は一言で言えば、真面目《まじめ》（性愛意識で）と言えるが、内実は、妹トシを喪失（死別）（「所有せず」に）することに依って、賢治は、性愛意識に於いて、永遠性を獲得したのである。ちなみに、賢治は永遠の童貞であった。妹トシの死後も彼女をけなしてはいない。

このことを裏付けるべく、広津和郎（同伴者作家）は、『風雨強かるべし』で、「念願の柏原家の娘となったマユミは、夫について、「てんで理解なんていうものが夫婦生活に必要かどうか、そんなことも思っちゃいないらしいのよ。女なんか道具か何かのつもり」（第十五章、三）と語っている点を想起したい。否定的側面として。

敷衍すると、芭蕉が、『おくのほそ道』〈市振〉で作った句（「一家《ひとつや》に遊女もねたり萩と月」）の意味、即ち「全く境遇の違うものが一家に泊り合わす因縁があっても、結局別れ別

れとなる、会者定離が人生なのだ、との感慨」を想起したい。会者定離が永遠の愛を孕む素因ともなる（賢治想起）。（傍点筆者）

以上の永遠の性愛意識（抑制され、精神的な）の例証を、「宇治十帖」で見て行きたい。打ち明けた話、この「宇治十帖」があるからこそ、『源氏物語』は存在価値があるのであって、これが無かったら、この物語は単なる好色小説に終わっていたであろうし、今日《こんにち》、世界文学の冠を欲しいままにはしなかったであろうと思うのである。『伊勢物語』からの影響も考慮に。

この「宇治十帖」は、女三の宮と柏木との間の不義の子・薫《かおる》と中の君、大姫君との織りなす恋愛劇を中心とする小説の世界を構成するものとなっている。

「宇治十帖」の性愛意識について、高校時代のS先生が語っていたことであるが、集約的に象徴的に言い表わした言葉として、「つわり」という精神性を具備した言葉が思い起こされるのである。

ここで、作者が、光源氏の性生活の謳歌から、中の君、大姫君の精神的性意識へと転換を図ったことを確認して置こう。肉体から精神へ。

「宇治十帖」を作品に即して詳しく見よう。

宇治の山荘に住む八の宮は、「気高い、優美な御風采の八の宮の、深い悟りに達しているわけではないが、貴人は直覚でえい敏であるから、学問のある僧の知らぬことを体得しておいでになる」と評される方で、薫の彼への思慕の情は加わるばかりで、一方、八の宮も薫を「普通の若者とは違ったすぐれた人格者」（以上、「橋姫」の巻）と互いにエールを送り合う。

八の宮には、二十三の中姫君と二十五になる大姫君がいた。宇治を舞台にして、薫らの両姫君への求愛ストーリイを中心にして、宇治十帖は展開される。（後半では、匂宮、薫に求愛され悩む浮舟を描く）

大姫君は遊びとしてさえ恋愛を取り扱うことなどはいとわしがるような高潔な自重心のある女性であった（「椎《しい》が本」の巻）。（傍点筆者）

八の宮は娘達の結婚について、二様の見解を示す。第一に、一切を捨てて仏弟子の生活に入りたいが、ただ二女王の将来に不安を抱き、「世間体もよく、親として、譲歩してもよいと思われる男が求婚して来たなら、結婚を許そう」（「椎が本」）と考え、一方、第二に、「ただ自分は普通の人の運命と違った運命を持っている人間であると自分を思って、生涯をここで果たす気になっているがいい。ことに女であるあなたたちは、世間並みの幸福を願わずに一生を過ごすがいいでしょう」（「椎が本」）と語る。

大姫君の恋愛・結婚観を見て置こう。薫が山荘にやって来た時の大姫君の感慨、即ち、

「中の君が結婚したために、いっそう恋愛というものをいとわしく思い込み、これ以上の接近は許すまい、清い愛を今では感じている相手だが、この人を恨むことが結婚すれば生じるに違いない。自身もこの人も変わらぬ友情を続けていきたいと深く心に決めているためであった」（「総角《あげまき》」の巻）（傍点筆者）と。

つまり、結婚を「いとわしく」思い、永遠なる結婚（変わらぬ友情）を心に誓う大姫君であった。この友情に関しては、薫も「私が求める友情をお許しくださって、寂しいあなた様のお心を慰める友になりえて」（「橋姫」）と語っている点も想起される。

ちなみに、結婚がいとわしくなるのは、次の二つの理由である。大姫君は語る。即ち、「今見る熱愛とのちの日の愛情が変わり、自分も恨むことになり、煩悶が絶えなくなるのはいとわしい」（「総角」）であり、第二の、「薫が今少し平凡な男であれば、好意に対して報いるために、妻になる気が起きたかもしれぬ。けれどあの人は、あまりにすぐれた男である。気品が高く近づきにくい、自分には不似合いに思われてならぬ」（「総角」）と。

この今までどおりの寂しい運命のままでいようとの積極的意義（結婚観）のガイストの極めつけは、次の通りである。即ち、「もしこの病で死ぬことが出来なかった場合には、病身であることに託して尼になろう、そうしてこそ互いの愛は、永久に保たれることになるのであるから」と、結婚を媒介にしなくても、愛の永遠性は保たれることを高らかに宣言する大姫君。(「総角」)
後に、涙目の人の中納言(薫)のことの言われているのを聞いて中の君は、中納言が姉君に持っていた愛は浅はかなものではなかったと、その人の恋が思われるのであった(「早わらび」の巻)ことを想起したい。
尚、薫の主張する、大姫君に対する友情は「決してあなたのお気持ちを破るような行為には出まいと初めから私は思っているのですから」と、「異性への関心の淡いものではないが、それでさえも動き始めた心はおさえがたいものなのであるから」と二様の態度を示しているが、この件について、「中納言(薫)が言葉で清い恋を求めるというのも、……自分一人は友情以上に出まいとしていても、あの人の本心がそれでないのでは行くところは知れきったことで、自分のしりぞけるのにも力の限度がある」(以上の引用文は、総て「総角」)と大姫君は、言い切っている点に注意を払いたい。(但し、大姫君の死は、「早わらび」で、八の宮の死は「椎が本」で明らかになる)
ここで、「自分一人(薫)は友情以上に出まいとしていても、あの人の本心がそれでないのでは行くところは知れきったことで」という大姫君の発言を敷衍すると、「あなたの御親切に感謝しておりますればこそ、こんなにまで世間に例のございませんほどにもお親しくおつきあい申し上げているのでございます。それがおわかりになりませんのは、あなた(薫)

のほうに不純な点がおありになるのではないかと疑われます」（「総角」）であり、それは、薫の発言、即ち「いつまでも御相談相手にしてくださいませんのは、私の純粋な信頼をおくみいただけない、恨めしいことだと思っています」（「総角」）を受けたものである。（傍点筆者）この箇所は『徒然草』（第十四段）にも引かれている（「涙の玉の緒」）（「ものとはなしに」）

その他、（八の）宮のお心（結婚の幸福は念頭に置かず一生を過ごすようにとの）を想起した大姫君は、妹、中の君の結婚について、「妹は若くて、山陰《やまかげ》に永久に朽ちさせてしまうのが、心苦しくて」と語るのであった（「総角」）。

ここで、大姫君の恋愛（恋愛の超越）に於ける、永遠性についての考察は、先に論じた宮沢賢治の妹トシとの恋愛の永遠性と同一線上（一致）にあることを指摘して置きたい。

次に、中姫（の）君と薫との恋愛について考察したい。

先ず、中の君の恋愛観であるが、次の二点に於いて示される。第一に、「どんなことも話し合う妹の女王はこうした結婚とか恋愛とかいうことについて姫君（大姫君）よりもいっそう関心を持たぬようであったから、そう深く苦しい心境に立ち入っては来てくれないのであった」（「総角」）や「初めどおりにお返事を出すがよい。求婚者風にこちらでは扱わないでおこう。交友として、風流男でいられる方が若い女王のいることをお聞きになって軽い遊びの心持ちだろうから」（「椎が本」）と父八の宮が語る時、こんなふうにお勧めになる時などには中姫君が書いた点を指摘して置こう。つまり姉よりも軽い存在であった。

中の君は兵部卿の宮と結婚する。自分に対する宮の態度に御誠実さも見え、正妻としてお扱いになるのによって、物思いも薄らいできていたが、今度の新しい御結婚の噂《うわさ》が事実になってくるにしたがい、過去に知らなんだ苦しみに身を浸すこととなった（「宿り木」）。

薫は、宮の御誠意が案外浅いものであったとおそしりするようにも言い、また中の君を慰めるような話をも静々としていた（「宿り木」）。

薫はぜひとも中の君のために邪悪な恋は捨てて、清い同情者の地位にとどまろうとするのであるが、自分の心が思うにまかせず、苦しいために、手紙をもって消息をよく送るようになったのを、中の君はわびしいことの添って来た運命であると嘆いた。特別な後援者と信頼して来て、さすがにまた薫の愛を憐《あわ》れむ心だけにあるのであっても、誘惑に引かれて相手をしているもののようにとらわれてはならぬとはしばかれて煩悶がされた（「宿り木」）。

これは、以前の「中姫君を強制的に妻にしては一生恨みの残ることになりますからね。りっぱな兵部卿の宮様からの申し込みを受けておいでになる方だから」（「総角」）を踏まえての薫の発言であろう。

忘れてはならないことは、「総角」の巻で、三条の宮を落成させて大姫君を迎えようとしていた自分（薫）であるが、その人の形見にせめてわが家の人にして置きたかった中の君であったと、しかも、その人（中の君）の保護者は自分のほかにないと、兄めいた義務感を持っているのだったと、殊勝な一面（「総角」の結び）をも見せるのであった。

その他、世の中というものがようやくわかってきた中の君にはこうした薫の誠意が認識できるようになり、これこそ恋した人（二条の院の夫人）を死後までも長く忘れない深い愛の例にもすべき志であると哀れを覚えさせられることも少なくないのであった（「浮舟」の巻）とあるのも、愛の永遠性の一環として捉えられるべき側面を有している。

ところで自殺を試みてしまった浮舟が思想的に幼稚でよこしまな情熱に逢ってたちまち動かされた軽率さを認めながらも、さすがに煩悶を多くしていたことも思い出され、妻というような厳粛な意味の相手でなく、心安く可憐な愛人としておきたいと思うのにはふさわしくかわいい女性であったと考えられる（「蜻蛉」の巻）とは、光源氏の色好みの行動の典型の再現と言っても良い（再考の余地あり）。（薫を指す、筆者註）

さらに、結末で、僧のような父宮に育てられ、都を離れた山里で大人になった人が姉女王にもせよ中の君にもせよ、皆完全な彼女になっていたではないか、このはかない性情の人も、と薫は八の宮の姫君たちのことばかりがなつかしまれるのであった（「蜻蛉」）。

ここに、「宇治十帖」の主要モチーフが大胆に提示されている。

結局、浮舟は入水する決心をして身を投げに行くが、尼夫人に解放を受け、浮舟は出家を望んだ。少将の求愛やお経の手習いなどが描かれる（「手習」の巻）。

ここで、注目して置きたいことは、命を助かった浮舟が、結婚は望んでいない点であり、それ以前の大姫君の人生観の踏襲が読み取れるのである。即ち、「昔の苦しい経験もこのごろはようやく思い出されるようになった浮舟は思い、もう自分に恋愛をさせぬよう、また人からもその思いのかからぬように早くしていただきたいと仏へ頼む意味で経を習って姫君は読んでいた」と。光源氏の色好みの対象である女性とは異質の契機を内包している（引用文は「手習」なり）。（傍点筆者）

以上、「自然奔放な好色生活から、精神的性意識へ」を論述して来た訳であるが、八の宮の娘、中の君と大姫君の精神的性意識、結婚を媒介とせず（恋愛の超越）、愛の永遠性（大姫君・浮舟ら）を歌い上げた意識は高く評価せねばならない。転換の把握。

宇治十帖の最後の巻（「夢の浮橋」）では、夏、薫が横川の僧都を訪れ、小野の女は浮舟なることを確かめることを付記して置きたい。

ここで、本書の冒頭で引いたヘッセの学問の方法論、即ち「私たちの使命は、対立するものを正しく認識し、即ち対立をまず対立として、しかし次には、統一の両極として認識することだ」をもう一度思い起そう。

「宇治十帖」以前の世界（自然奔放な好色生活）と「宇治十帖」の世界（精神的な性意識――永遠の愛）との対立及び転換は、両者の世界の枠構造と相まって、その精神的価値が、我々の前に開陳される。

つまり、個人全集（古典文学では作品論に相当）の創作系譜は、二分され（方法論の端緒）（対立概念）ることに留意しつつ、全集に取り組めば、必ずや、作家論はモノになると言えよう。

ヘーゲルも言っている。即ち「無教養の段階の個人から出発してこれを知へと導く」であり、又「奴隷は自主性のない非本質的な行為者であり」「主人は自主自立の本質にかなった存在である」と。（『精神現象学』の「まえがき」「支配と隷属」）

最後に、薫について一言して置きたい。

薫は、光源氏の正妻女三の宮と柏木の間に生まれた不義の子であり、「宇治十帖」では、メイン（主要な）・ヒーローとして登場する。

薫は、八の宮から、「普通の若者とは違った秀れた人格者」（「橋姫」）と称されるが、これは、「匂宮」で、作者から、「帝も后《きさき》も愛を傾けておいでになる人で、臣下としてこれ以上幸福な存在はないと見られる薫ではあるが、心の中には純粋な六条院の御子と思われぬ不幸な認識がひそんでいて、楽天的にはなれない人で、貴公子に共通な放縦な生活をするようなことも好まなかった。静かに落ち着いたものの見方をする老成なふうの男であると人からも見られていた」と評される点と軌を一つにする。(薫の形象に人格付与が留意点)

自然奔放な好色生活とは、一線を画すると見なされるべく、「人に愛されるべく作られたような風采《さい》のある薫であったから、かりそめの戯れを言いかけたにすぎない女からも皆好意を持たれて、やむなく情人関係になったような、まじめには愛人と認めていない相手も多くなったが」(「匂宮」)も、限界性を露呈する。これは、後に、大姫君が、「自分一人は友情以上に出まいとしても、あの人(薫)の本心がそれでないのでは行くところは知れきったことで」(「総角」)と述べている点と同一線上にあると言えよう。

後に、薫は、中の君に対して、保護者的立場という殊勝な面や恋した人(二条の院の夫人)に永遠の愛を吐露するが、結局、中の君、大姫君及び浮舟から、結婚(セックス)拒否の仕打ち(宣言)を受ける。

即ち、大姫君の言葉(「総角」)、即ち「尼になろう、そうしてこそ互いの愛は永久に保たれる」や浮舟の言葉(「手習」)、即ち「もう自分に恋愛をさせぬようにして頂きたいと仏へ頼む意味で経を習って」「(薫を)お慕い申すにちがいありません」「自分のこれまでの身の上も現実という気もしない」と、結婚拒否と永遠の愛を誓うのであった点を押さえて置きたい。薫と対比せよ。(傍点筆者)

第三章　『枕草子』

第一節　序

石田穣二氏の解説に依ると、三百篇ほどの章段に盛られた、この作品の内容は、自然、人事の万般にわたって多彩であって、書かれている事柄について内容の分類を試みることは、あまり意味のあることとも思われない。まず目につくのは、「山は……」「川は……」のように、「――は」という書出しで、山なら山、川なら川を列挙して行く形式の章段と、「すさまじきもの……」「にくきもの……」のような書出しで、同じくそのものを列挙して行く形式の章段で、この二種類のものを一括して、普通に類聚《るいじゅ》章段と呼んでいる。全体として、数え方により出入りはあるが「――は」形式六〇段前後、「――もの」形式七〇段前後を数える大規模なもので、この作品を特徴づける章段群と言ってよいと。

次に、類聚章段以外に目立つものは、主として中宮定子にかかわる、宮仕え中の作者の見聞を記録した章段で、普通に日記的章段と呼ばれるものがある。ほぼ四十数段を数えると。

これらの日記的章段をどう見るかということは、作品論にもかかわる奥の深い問題である。中宮あっての清少納言で、決してその逆ではない。元来、定子という人は、高い教養の持ち主で洗煉された機知に恵まれ、自らの好尚によってはなやかな後宮の文明を創出して行った人なのであって、この『枕草子』こそ、そうした定子後宮のあり方の忠実な証言者と言っていい。清少納言の初宮仕えの体験を書いた「宮にはじめてまゐりたるころ」（一七九段）を読めば、定子を中心とする後宮の高度の文明があってはじめて、清少納言の女房としての才能が十分に開花し得た事情を納得することが出来るであろうし、あるいは「清涼殿の丑寅《うしとら》の隅の」（二〇段）や「宮の五節出ださせたまふ」（八六段）を読めば、定子その人が後宮の文明とでもいうべきものを創り出していった事情や、その女房教育の実態にも我々は接することが出来るであろう。二〇段や一七七段を読むと、そういう定子の目指した理想の後宮は、村上天皇の後宮を模楷《ぼかい》としたものではなかったかと推測されると。

上に述べた、類聚章段と日記的章段以外の章段を一括して随想章段と呼ぶ。章段の分類としては、この三分類が最も簡明なように思われるが厳密に言うと、この三分類では明確に線を引きがたい事例も多い。

例えば、類聚章段の特色は同類のものの列挙という形であるが、四七段「馬は」は、それでよいとして、続く四八段「牛は」、四九段「猫は」、五〇段「雑色、随身は」、五一段「小舎人童は」、五二段「牛飼は」の諸段は、そのものが一つしか挙げられていなくて、ということは、一つしか挙げられなければ、それは判断の形になるので、随想章段との区別が曖昧である。巻頭の「春は、曙」の段は、内容から言って随想章段と考えざるを得ないが、「夏は夜」「秋は夕暮」「冬は、つとめて」という形式は明らかに類聚章段の「――は」の形式から来ていると。

さらに、『枕草子』は、後世に『徒然草』というすぐれた後継者を得、歌人正徹が『清巌茶話』の中で、「つれづれ草は、枕草子をつぎて書きたるものなり」と言って以来、『徒然草』から『枕草子』へといういわば逆系譜の設定が確立したのであると。「教養から現実へ」参照。

第二節　教養・機知から現実へ

――好尚から後宮の文明へ――

先ず、第一節でも若干、述べたが、『徒然草』の「尚古思想」から「現実」へという転換は、『枕草子』の『教養』から「現実」への転換と類推される問題意識を含んでいる。

作品に即して詳しく見たい。日記的章段の考察でもある。

先ず、中宮定子に於いて、好尚から後宮の文明（現実）への代表例として、八三段、一三二段、一七九段、二二四段、二八四段を検討したい。

八三段では、この一段は、雪山作りの情景から、これがいつまであるだろうかという予測に関する諸意見を追う記事が主である。つまり、この一時期の定子後宮の日記になっている。

先ず、雪山作りの前に、中宮は、歌を作った人に、着物を御下賜し、人は尼を常陸の介とあだ名をつけて呼ぶようになったことや右近の内侍《ないし》の宮中への自由無遠慮な出入りに対する感想（「こういう者を、女房たちが手なずけて出入りさせているようです。うまいことを言ってしょっちゅうやって来ますわ」）と述べる点もある。

その後、中宮のおおせで、「庭に本格的に雪の山を作らせましょう」を言いつけ、皆一緒になって、雪の山を作った。

中宮は、この雪の山はいつまでもあるかと訪ねた拠、清少納言は、正月の十幾日まではあると答えたら、中宮は、まさかそんなには、とお思いの様子だった。

問題の雪の山は様子も変わらず、年も改まり、一日の夜、雪がどっさり降って、新しく降り積もった。それを見て中宮は、「これは話の筋が違う。もとの雪山の部分はそのままに、新しく積もった分は掻き捨てよ」とおおせになる。

その間に、斎院からのお手紙（五寸の長さの卯槌《うづち》二つを卯杖《うづえ》に見立てて頭の所を紙で包んだりして）を、お目ざめになった中宮は、「ほんに、ずいぶん朝早いお手紙だこと」とおっしゃって起きになられた。

その際、斎院の歌が披露され、作者は「御返事をお書きになる中宮の御様子も、たいそうすばらしい」と思う。教養（歌）から以下現実への態度と作者の応対。

その後、中宮は三日に内裏に入御されることになった。この雪山の成行きを見極めることが出来ないのは、残念と、本心から悲観する。

十四日の夜、雨がひどく降るので、雪はとけるかと心配であったが、中宮から、「さて、問題の雪は、今日まであったか」とのおおせで、皆の予測（「年内、年はじめだって、残ってはいないでしょう」）とは裏腹に、作者は、「昨日の夕暮れまで残っておりましたのは、たいしたものだ」と返事を書く。

帝も「よくぞ深く思慮をめぐらした予測を立てて、皆の意見に反対したものだ」と人々におおせられる。

作者も、新しく降り積もった雪を喜んでいたのにと語ると、中宮は、「それは話が違う。掻き捨てなさい」とわざわざおおせになるがこれに対して、帝は、「中宮は作者に勝たせまいと思いになったのであろう」とおっしゃて、お笑いになって、この章段は終わる。

この定子後宮の日記を、内容から見た分析をすれば、先ず、中宮は宮仕えの人に、「歌作り」を命じる。これは、定子の高い教養の持主の一現われと言える。

さらに、中宮が、こういう者の自由な出入りを「うまいことを言ってしょっちゅうやって来ますわ」とおっしゃって、そのお目見えの時の様子など、小兵衛という女房に「口真似させてお聞かせになる」とは、中宮の洗練された機知の発露であるように思われる。

定子の「雪山作り」の提案は、中宮定子の好尚であり、自らの好尚によって、後宮の文明(雪山を首尾よく守って十五日まで残っていたら、ほう美の品を下さる意向や問題の雪は現在も残っているかという定子の懸念)を創出した人が定子である。歌・機知から好尚を経て現実(後宮の文明)へ。

さらに、後から降り積もった雪を喜んでいたのに、中宮の「それは話が違う。掻き捨てなさい」とわざわざの発言も、定子の後宮の文明があって初めて、清少納言の女房の才能を開花した。

一三二段では、(行成)「返事もしないで帰って行くとは、妙な連中だな。実は、お庭の竹を折って、歌を詠もうというつもりだったのだが、『女房などお呼び出しして』と言ってやって来たのに、呉竹の名を言われて退散したことは、これはおもしろい。貴女《あなた》は誰の教えを受けて、普通には人の知っていそうもないことを言うのかな」などおっしゃるので、（清少）「竹の名とも一向存じませんのに」と言うと、（行成）「ほんとうに、それは知るまいね」とおっしゃる。

この章段で、中宮定子の好尚は、「そんなことがあったのか」という発言に現われており、機知と後宮の文明（現実）は、中宮の「とりなしにしたって（作者の『行成の朝臣がうまくそうとりなしてくれたのでございましょうか』の発言を受けて）」の発言と、中宮の「にっこりお笑いになった（お喜びになった）」という挙動であろう。

石田氏は、〔評〕で、清少納言が「竹の名とも知らぬものを」と言ったのは、もちろんとぼけたのであるし、行成が「まことに、そは知らじ」といったのも、調子を合わせたのである。末尾の一文は定子後宮の気風を知るべき好資料である。こうした定子中宮あっての清少納言であったと語っている。

次に、第一節（序）でも若干、触れた「定子の後宮の文明があって初めて、清少納言の女房としての才能も開花し得た事情を納得出来る」という一七九段について、述べたい。

先ず、中宮にはじめてお仕えに出たころ、中宮定子は作者に、「教養」の一環として、絵を取り出して、お見せになり、説明を加えられた。作者は次のような感慨を抱く。即ち「こうした高貴のお方にお目にかかったことのない世間知らずの女の目には、こんなお美しい人が現実にこの世にいらっしゃったのだと、つくづくとお見上げする」（傍点筆者）と。つまり、教養から、現実への転換が見られる。

さらに、定子が何かお話のついでに、好尚として、「私を愛してくれるかしら」であり、作者が「それはもう――」と申し上げた途端に誰かが、くしゃみをし、定子は「どういう手段で真偽を確かめることが出来ようか」という歌を作者に届け、高度の文明圏（後宮）に応ずべく作者も歌を返す。即ち「心の浅さ深さは、くしゃみなどで左右されない」と。

二二四段では、「御殿に不都合な人が、明け方に笠をさして帰って行った」と、女房たちが言い出したのを、よく聞いてみると、なんとそれは自分（作者）のことであった。

そこへ、中宮からのお手紙（大笠の絵と「山の端明けし朝より」の文句）に、作者は根も葉もない噂《うわさ》を立てられるのは、つらいけれど、このお手紙のおもしろさ（すばらしさ）に感心したものであったことが述べられている。

石田氏は、〔付説〕で、定子後宮の風流はうかがうに足りると語る。二二五（六・七）段も同様の話である。後宮の文明（現実）（歌）の描写。

二八四段では、雪がとても高く降りつもっているのに、御格子をおろしたまま、私たち女房が御前にはべっていると、（中宮）「少納言よ、香炉峯の雪は、どんなでしょう」と、おおせになるので、御格子を上げさせて、御《み》すを高く上げたところ、（中宮は）わが意を得たようにお笑いになる。白詩の世界（教養）から現実（後宮の雪）へ。

石田氏は〔評〕で、中宮のお言葉は平たく言えば「外の雪色をながめたい」ということ、清少納言はそのご要求に答えたのである。そうした要求とそれへの答えが白詩を踏まえているところに定子の後宮に特有のいわば様式がある。中宮の意図は、白詩の世界をこの後宮の日常に再現することであったのであると語る。

第三節　人柄と芸能

作者は後書きで、この草子は、目に見え、心に思うことを、所在ない里住みの間にいろいろ書いたのだが、うまく隠しておいたと自分でも思っていたのに、全く心ならずも世間に洩れ伝わってしまった。人並みに扱われるような評判など全く期待もしていなかったのに、「たいしたものだわ」と言われ、全く変な気持ちになってしまう。又、あいにく人にとって不都合な言い過ごしということにもなりかねない箇所もあったのであった。私としては、この草子が人の目に触れたことが、残念だと語っている。

知的で洗練された感覚の人清少納言の人格の秘密を明らかにする右の文章であろう。

次に作者の芸能について触れたい。

第一に、「無名という琵琶」(八九段)、「しょうの笛」(八九段)、「地獄絵の御屏風」(七七段)、「御扇」(九八段)、教養の部類に入るが、「経は法華経、普賢十願、千手経、随求経、金剛般若、薬師経、仁王経の下巻」(一九八段)、「仏は如意輪、千手、六観音全部、薬師仏、釈迦仏、地蔵、文殊、不動尊、普賢」(一九九段)、「書《ふみ》は文集、文選、新賦、史記、五帝本紀、願文、博士の書いた申し文」(第二〇〇段)などである。

最後に、主な定子の後宮の文明を列挙したい。七八段(頭の中将の、すずろなるそら言を聞いて)五段(大進生昌が家に)、八二段(さて、その左衛門の陣などに行きて後)、百段(淑景舎)、二六二段(御前にて、人々とも)、二六三段(関白殿)、二九七段(大納言殿まゐりたまひて)などである。

石田氏は解説で語る。即ち「後宮の文明の記録と見る視角からする時、この草子の記述の一切が、彼女(清少納言)の精神がまさにそうであったと同じように、生彩を帯びて躍動して来る」と。

定子は、教養と機知に恵まれ、自らの好尚によってはなやかな後宮の文明を創出した人。

第四章　『更級日記』

第一節　序

『更級日記』を論ずる際、不可避の関係にあるのが『源氏物語』と言えよう。『更級日記』の作者が、物語耽溺を図ったという観点のみならず、『源氏物語』の方法論を摂取していたというのが、筆者の見方である。

『更級日記』には、数多くの『源氏物語』についての記述が見える。それは、第一節「物語に憧れる日々」に於ける、「光源氏」、第一七節「『源氏物語』耽読」、第三七節「『浮舟の女君』夢想」の「光源氏、浮舟の女君」、第五六節「物語の夢ついえる」に於ける、「光源氏、薫大将」及び第六四節「初瀬詣で」に於ける、「宇治の八の宮の姫君たち」「浮舟の女君」に於いて示されている。

ここで、『源氏物語』の「宇治十帖」以前を代表する形象の光源氏と「宇治十帖」の世界の形象を代表する薫大将、八の宮の娘たち及び浮舟の形象の指摘が注目される。

第三七節（「浮舟の女君」夢想）で一部、形象化されているが、光源氏の自然奔放な好色生活や、八の宮の娘たちの精神的性意識という記述は、『更級日記』には見当たらないが、光源氏の寵愛した夕顔や薫の愛した浮舟の女君と記述している点から見て、『更級日記』の作者は、『源氏物語』の方法論をマスターしていたと結論付けることが出来よう。（傍点筆者）

第二節　夢想家（ロマン主義）から現実へ

その一　夢から現実へ

第五五節（「結婚、家庭へ」）で、親たちも間もなく私を、宮仕えから引かせ、家に閉じ込め結婚させてしまった。そして、作者は、「浮わついた心で、物語の貴公子などを夢見ていたにしても、現実の結婚はあまりに期待はずれの始末であったことだ」（傍点筆者）と語る。

ここで夢（物語の）から現実（結婚生活）転換点が読み取れる。

さらに、第五十六節（「物語の夢ついえる」）では、「将来の結婚にかけていた、夢にしても、思い描いたことの数々は、現実の世にあり得ることだったのだろうか」（傍点筆者）と語られ、「夢（光源氏や薫大将の如き人）は現実の世にあり得ることだったのだろうか」（傍点筆者）と現実（実在するか）との混在が描かれている。ここで注意すべきは、夢はそれ以前から続いていた終結点と位置付けされる点、つまり過去からの延長線上にあることを銘記したい。

以上、夢から現実への転換点の提示を明らかにした訳である。少女期の憧れが結実されなかった作者の人生。

その二　物語耽溺から宮仕えの現実へ

第十四節（「物語を求めて」）で、作者は母に物語をせがんだところ、母は親戚のに頼み、彼らは特別に素晴らしい冊子の数々を箱に入れ贈ってよこした。作者はどうしょうもなく嬉しくて、夜も昼もこれを読みふけった。

第十七節（「『源氏物語』耽読」）で、おばが作者に、『源氏物語』五十余巻を、一袋に入れてくれたが、それをもらって帰る時の嬉しさといったら天にも昇るほどであると語られている。さらに、年頃になったら、光源氏の寵愛した夕顔や、宇治の大将（薫）の愛を受けた浮舟の女君のようにきっとなるのだ、と思っていた私（作者）の心は、今考えていると何ともたわいなく、あきれかえったことであると作者は書いている。

最後に、第五十節（初出仕）では、「あんなに物語にばかり夢中になり、物語を読むよりほかには、行き来する仲間も親類などさえもなく」と、物語への耽溺ぶりを表白している。但し、文学研究仲間か同好会か判然としない。

こうした『源氏物語』を初めとする物語への耽読、愛着も、第五六節（「物語の夢ついえる」）に於ける、「雑事にとりまぎれ、物語のこともすっかり忘れ、地道な生活を、願うような気持にすっかり落ち着いて（徹底出来ぬ面も）」（傍点筆者）というターニングポイントの過渡期を経て、第五七節（「宮家に再出仕」）（若い女房や古参扱いされることもなく）及び、第七二節（「二人の友と」）での、過去の宮仕えの回顧となる。

特に、作者の二人に当てた歌（涙に袖の濡れる辛い宮仕えと知りながらも、ご一緒に苦労を重ねた日々が懐かしくてなりません）や友の一人の作者宛ての歌（合間を縫ってあなたにお会いする楽しみがあればこそ、辛い宮仕えの日々も過ごしていけるのです）などに於いて、作者の宮仕えの辛さ、苦労話などが、浮かび上がって来ると言えよう。第五七節（「宮家に再出仕」）が後期開始。

以上、物語耽溺から宮仕えの（辛い）現実への転換を読み取ることが出来る。それは又、夢想家（ロマン主義）から現実への転換をも意味している。

第三節　結語

従来、『更級日記』は、物語憧憬、耽溺から、中年期の宮仕えや結婚を契機とする実人生の覚醒を経て、宗教的救済（仏道に帰依する——第七九節）へというキャッチ・コピーで、形容されて来た。この宗教的救済について、若干、補足する必要があるので、説明したい。

第七七節（「夫の死」）、第七八節即ち（「悔恨」）、最終の局面（第八一節——「涙の日々」）

（第八二節——「孤独の日々」）と、作者は、人生の敗北を認めるが、何故、敗北したのかを見極めるのが、本節のテーマである。

第七八節（「悔恨」）で、「昔から、とりとめもない物語や、歌のことばかりに熱中せずに日夜心に掛けて仏道修行をしたのであれば、全くこんな夢のようにはかない世を見ずにすんだのであろう」と語られ、物語や歌よりも仏道に励めば好かったのにと語られている。

宗教については、原岡文子氏も解説で、「自らの人生を顧み、四十年の来し方を物語と宗教とし、作者の救済とは、宗教的帰依によってもたらされるものであるよりは、本日記執筆という宮為の中にこそ見取られる」と語る。

第四三節（僧の夢告「将来がみじめであるのも知らずそんなふうに、《作者の詞『後世のことなどお祈り申し上げる気にもならない』》とりとめもないことを考えて」）や第八二節の末文の歌の作者を尼と見る説（俗世に身を置く孝標女の立場への暗示）の点から、宗教的救済は、不完結性と見たい。

宗教的救済（第一節、第七九節）は一《ひと》まず置いて、筆者が、敢えて主張したいのは、第十七節で、『源氏物語』五四巻の他に、『在中将』『とほぎみ』『せりかは』『しらら』『あさうづ』の物語を、贈ってもらったという記述（「『源氏物語』耽読」）である。『竹取物語』『蜻蛉日記』の読書の記述は無い。

ここでは注意したいことは、方法論の顕現という形で、『源氏物語』は納得出来るが、その他で、『在中将』は『伊勢物語』（の流布本）を指すが、その方法論を発見したという記述は見当たらず、精神生活に寄与せず。「とほぎみ」以下の作品は現存しない二流作品。

結論から言って、方法論（作家論は、特に古典文学では個別作品論に相当）を、見抜いた研究者的立場が急務である。その際、一つの作家論では、精神生活の完備が不十分であると言える。そこで、第二弾の作家論の構築で方法論に関し、「確信」を得て、体中に力がみな

ぎり、精神生活の「厳しさ・潤い」を獲得することが出来ると言える。（傍点筆者）

第八二節で、「人から訪ねていただけない寂しさに声を上げて泣いてばかりです」（「孤独の日々」）と、作者は書いている。（傍点筆者）

ちなみに、佐々木基一氏は、出典は失念したが、安部公房の『砂の女』について、次のように語っている。即ち、『砂の女』はまさに蟻地獄のような砂の穴に閉じこめられた主人公が、その孤独と焦燥感をたんなる混迷あるいは無知にすぎないと自覚して、人間関係の新しい通路の端にようやく立ち得たことを予感する小説である。孤独に対して女々しい嘆きを繰り返す代わりに、決然と自らの孤独を背負って世の中を歩いて行こうとする、まことに雄々しい決意がそこには見られると。

つまり、真の知識があれば、人間は孤独ではないことを言わんとしたものであろう。（傍点筆者）

『更級日記』の作者は、何故、「涙の日々」「孤独の日々」を送らざるを得なかったか、それは、彼女が、『源氏物語』オンリーに研究者的立場を取ったが故である。二つ以上の方法論の構築完了という視点を、欠落させたが故である。一つの作家論（古典文学では個別作品に相当）だけをマスターしたが為に起こった悲劇と言えるであろう。つまり、『源氏物語』に並ぶ、方法論を具備した作品にめぐりあわなかったことから来る悲劇と言えるであろう。

一つの作家論では自我は真に確立せぬ。一流作家（作品）に於ける方法論の具備は、精神的価値がその枠構造と共に発揮されることを、この際言って置きたい。（傍点筆者）

さらに、二つの作家論（古典文学では作品論に相当）で初めて力になることを、『源氏物語』（「雨夜の品定め」）及びヘーゲルの見解から紹介しよう。前者では、「二度目によく比べて見れば技巧だけで書いた字よりもよく見える（『永久の愛をもつ』）」と、後者では、「この自分に還って来た統一は最初の統一とは様子がちがっている。ありのままの最初の統一が、存在する統一体と名づけられるのに対して、生命の要素を含む第二の統一は存在を越えた一般的な統一である。それは類としての統一を自覚する意識の登場を準備するのだ」（『精神現象学』Ⅳ。自己確信の真理）と。

以上の　ヘーゲルの哲学思想で、統一とは「対立」の止揚であり、ヘッセの対立・統一理論想起。

第五章　『徒然草』

第一節　無常観・尚古思想から現実へ

先ず、一方では、無常観から現実への転換（世界観）を、他方、無常観は、寸陰（時）愛惜と隠遁者の道への二様の態度を取るが、これは兼好の人生観に相当する。無常観だが、「人はただ、無常の身に迫りぬることを心にひしと懸けて、つかのまも忘るまじきなり」（第四九段）（現代語訳――人は、ただ、死が自分の身にも肉迫していることを心にしかつり刻んで、一瞬も忘れてはなるまい）や「命は人を待つものかは。無常の来《きた》ることは、水火の攻むるよりも速やかに、逃れがたきものを」（第五九段）（現代語訳――命は人の都合を待つものであろうか。死が訪れることは、洪水や猛火が襲来するよりも迅速で、とても逃れないものなのに）や「万事は皆非なり」「賢愚の境にをらざればなり」（第三八段）（文意として、あらゆることはみな正体がなく空虚なものである。賢愚の二項対立の次元にはいないからである）や「そのゆえは、無常変易の境、ありと見るものも存ぜず、始めあることも終わりなし。……人の心不定なり、物皆幻化なり」（第九一段）（現代語訳――なぜならば、万物が変化して止まない世界では、存在すると思うものも存在しないし、始めあることも終わりがない。人間の心は一箇所にとどまることがない。物はみな幻や変化《へんげ》のように実体がない）とある。

つまり、死の不可避性（後に寸時愛惜として）や万物流転の思想や物の実体の無さが、無常観に於いて、説かれている。

次に「尚古思想（擬古典主義）」だが、本文中から引用すると、「伊勢物語」（六六段）、「源氏物語」（第十四、十九段）、「鴨長明」（第一三八段）、「在原業平」（第六七段）、「文選、白氏文集、老子のことば、南華の篇」（第十三段――小川氏の解説では、「愛読書に老荘を挙げたのは、やはり象徴的であり、表現にも影響は明らかに見て取れる。隠遁者の自由な境遇、あるいは何者にも束縛されない自然な生を称揚しているのは、とりわけ注意してよい」とある）、「平家物語」（第二二六段）、「法然上人」（第三九段）、「法華読誦」（第六九段）、「枕草子」（第一九、一三八段）、「万葉集の長歌」（第二一〇段）、「源家長日記」（第一四段）、「連歌」（第八〇、八九、一三七段）、「古今集」（第一四段）、「新古今集」（第一四段）、「和歌」（第一四段）、「和漢朗詠集」（第八八段）など、文学（古典）、宗教、和歌などに於いて、兼好法師の尚古思想は、貫かれている。

普通、『徒然草』は、無常観が流れ、尚古的な思想が著しいが、実益をもたらす技能を尊重するなど、中世の現実を見え据えた視点もあわせ持っていると言われている。

つまり、無常観及び尚古的思想（擬古典主義）から、現実への転換があったと見てよい。

先ず、無常観から現実へだが、後の第二一七段でも、無常観は否定され、この世（現実）は永久不変だと主張されている。第七四段（愚かな人は、老と死とを悲しむ。世界が永久不変であるだろうと思って、万物は時々刻々変化してやまない道理を知らないからである）と対比して考えるとよい。（傍点筆者）

そもそも、無常観は、第一〇八段（一瞬の間を無駄にしたと惜しがる人はいない）や第一三四・七段や第一五五段でもその正当性が、主張されているが、第一八八段（「学問して因果の理をも知り」）で、転換点を図り、現実へと志向するのである。（無常観の否定であり、因果律という唯物論の提示）（第二二〇段で、「無常院」とは無常観よりも盛者必衰を説く点に注意）（第二四一段では無常観は勃発し、寸時愛惜と隠遁《いんとん》者を孕む）

次に、尚古思想（擬古典主義）から現実への転換を観ると、即ち「学問才芸としては、古典に通暁《つうぎょう》する者こそ第一に肝要。次に医術を習うべし。身を養ひ、人を助けることも、医にある。文・武・医の道、まことに欠けてはあるべからず。次に細工、よろづに要多し。詩歌に巧みに、幽玄の道、今の世にはこれをもちて世を治むること、漸く愚かなるに似たり、金《こがね》はすぐれたれども、鉄《くろがね》の益多きにしかざるが如し」（第一二二段）（現代語訳――詩歌に長じて、深遠高尚で極めがたい芸道であり、今の世ではその力で天下を治めることは、次第に迂遠《うえん》で、現実離れしたものと見るようになっている。いわば、金は価値は高いけれども、鉄の用途の多いのに及ばないようなものである）や「思ふべし、人の身にやむことを得ずしていとなむ所、第一に食ふ物、第二に着る物、第三に居る所なり。人間の大事、この三つに過ぎず、医療（薬）を加へて、四つのこと求め得ざるを貧しとす。この四つ欠けざるを富めりとす」（第一二三段）（傍点筆者）と。

尚、詩歌よりも現実（鉄や医）の益を重視した思想について、第一二二段の脚注（小川氏の）に依ると、「鎌倉時代末期、公家社会でも実務能力を重視た風潮の反映か」とある。中世の現実を見え据えた兼好の視点でもある。第一二段の「民の愁《うれ》へ」と第一二三段の「衣、食、住、医が大事也《なり》」は照応関係にある。その説明章段として、第一四二段（世が治らずに、人々が飢えたり凍えたりする苦しみにさらされるならば、罪人はあとを絶たないはずである）がある。

古典の価値（社会の実益に及ばないが）は、認めている徒然草（第一二二段）は、枕草子よりも源氏物語の影響が強いと小川氏は語る。即ち「読者も源氏物語の知識（表現発想）を前提としていた。従って表現の解釈には源氏物語のコンテキストを参照することが有用である。それにしても源氏物語を駆使する技法は相当なもので、宇治十帖の巻々にも及ぶ」と。

第二節　随筆文学

ここでは、『徒然草』の人生、恋愛、有職古事について見て行きたい。

先ず、人生だが、兼好法師は、「学問」と「技能・藝能」を志す人について、次のように、即ち、「人にまさらんことを思はば、その智を人にまさらんと思うべし。大きなる職をも辞し利をも捨っるは、ただ学問の力なり」（第一三〇段）（現代語訳――人より優位に立とうと考えるなら、ひたすら学問をして、その知識が人よりまさるようにしたいと考えるのがよい。顕職も辞退し巨利も放擲《ほうてき》するのは、ただ学問の力によるのである）（この考えは第一六七段《人間たるもの自分の長所を誇りとせず〔才芸に長じているも〕を美徳》へと敷衍《ふえん》する）や「能をつかんとする人、『よくせざらんほどは、なまじひに人に知られじ。うちうちよく習い得て、さし出でたらんこそ、いと心にくからめ』と常に言ふめれど、かく言ふ人、一藝も習ひ得ることなし」「上手の中に交じりて、そしり笑はるるにも恥ぢず、堪能の嗜まざるよりは、つひに上手の位に至り」（第一五〇段）（現代語訳――技能や芸能を身につけようとする人は、「上手に出来ない内は、うかつに人に知られまい、ひそかに学んで十分熟達してから、人前に出るようにすれば、大変奥ゆかしく見えるであろう」などと、よく言うようであるが、こんなふうに言う人が、一藝も習得したためしはない（つまり）「名人の中に入って、貶されたり笑われたりしても悪びれず、才能はあるが稽古に励まない者よりも、結局は名人の地位に達し」と語っている。

つまり、学問の高尚にして、精神的価値を具備し、「精神生活の厳しさと潤い」をもたらす点を裏付けるものとなっており、芸能、技能では、その修得には、人間のアドバイス即ち「人的体験」が大きな要素（モーメント）を占めることを言わんとしたものと言えよう。

学問のみならず、その道を極めた人たちの心得の系譜を、兼好法師は取り扱っているので紹介して置こう。（道の専門家一般については第一八七段で語られる）

このことは畢竟《ひつきょう》、彼が『伊勢物語』『源氏物語』『枕草子』『平家物語』に通じた知識人（方法論を会得した専門家）であって、道についても、機知に富んだ洞察を読者に示す。（第二二六段で、平家物語を「山門のこと（延暦寺関係）」と、第十四段で、『源氏物語』の「総角」を引用し書く）　先ず、道を極めた人たちの心得を示すと、「ゆかしかりしかど、神へ参るこそ本意なれと思ひと、山までは見ず」とぞ言ひける。少しのことにも、先達はあらまほしきことなり」（第五二段）（現代語訳――「行ってみたかったけれど、神へ参拝することこそ、本来の趣旨であると思って、山の上までは見えませんでした」と言ったということである。ちょっとしたことでも、案内役はいてほしいものである）であり、次に、「先達後生を畏るといふこと、このことなり」（第二一九段）（現代語訳――先輩が後輩を畏敬するというのは、龍秋のような者を前にした時である）であり、最後に、「高名の木登り」の戒め、即ち、「誤ちはやすき所になりて、必ず仕《つかまつ》ることに候」（現代語訳――失敗はもうわけはないというところになって、必ずしでかすものでございます）とである。（第一〇九段）

その他、双六《すごろく》の名手と言われた人に、必勝法を尋ねたところ、「負けじと打つべきなり。一目なりともおそく負くべき手につくべし」と言ふ。作者の教訓として、道を知れる教へ、身を修め、国を保たん道もまたしかなり」であると。（第一一〇段）乗馬の名人（第一八六段）や料理の名人（第二三一段）も。

一方、学問と道を極めた両者については、「人としては善にほこらず物と争はざるを徳とす。禍をも招くは、ただこの慢心なり。一道にもまことに長じぬる人は、みづから明らかにその非を知るゆえに、志常に満たずして、つひに物にほこることとなし」（第一六七段）（現代語訳――真に一つの分野に通じた人は、おのずと自分の欠点を明察するので、向上

（心はいつも満たされることがなく、最後まで人に自慢するようなことはないのである）である。

さらに、道では、第一九三段で、つまらない人で碁を打つことにのみ頭が働いて上手であるのが、賢い人でたまたま碁が下手なのを見て、「自分の知恵に及ばない」と決め込んだりと思うことは、たいへんな誤りであろうと語る。（傍点筆者）

第一九四段では、達人が、人を見抜く眼力は、ほんの少しも誤るところがなかろうと作者は語る。具体例を挙げて示している。

尚、忘れてはならない章段として、「楽の希求は次の三つ、第一に名誉（行状が立派であるとの名誉と学芸に優れているとの名誉）、第二には色欲、第三には食欲（美味を求める欲望）であるが、求めないのにこしたことはない」と作者は語る。（第二四二段）

ここで学芸（への名誉）が否定されているのは、本論稿第一節で、尚古思想（擬古典主義）から現実へという転換として、「詩歌、今の世を治むる事愚かなり」（一二二段）を引いたので、筆者には納得出来る点でもある。

次に、恋愛であるが、「全て、よその人の取りまかなひたらん、うたて心づきなきこと、多かるべし。よき女ならんにつけても、品《しな》下り、見にくく、年もたけなん男は、かくあやしき身のために、あたら身をいたづらになさんやはと、人も心劣りせられ、我が身は、向ひゐたらんも、影恥づかしく覚えなん。いとこそあいなからめ。梅の花かうばしき夜のおぼろ月にたたずみ、御垣が原の露分け出でん有明の空も、我が身さまに偲ばるべくもなからん人は、ただ、色好まざらんには如かじ」（第二四〇段）（現代語訳――大体、あかの他人が取り持った関係は、とかく気まずいことが多いであろう。もし女が立派な出自であるならば、身分が低く、容貌も醜く、年も取った男は、こんなつまらぬ自分の為に、むざむざ身を無駄にすることがあろうかと、心中貶めていて、それでいて対座していると、自分の姿がみっともなく思われる。梅の香に満ちた夜のおぼろ月の光の下、女の家の前を行き戻りつし、垣根の露を分けて帰る有明の空の風情を、自分の身の上のこととして思えない人は、ただただ、色恋などにかかわらないにかぎる）（脚注に依ると、やや極端な意見で一九〇段とも相通ずる。引き歌などを駆使して中古風の擬古文を綴ることが目的かとある）や「妻といふものこそ、をのこの持つまじきものなれ。「いつもひとりずみにて」など聞くこそ、心にくけれ、「誰がしが婿になりぬ」とも、また、「いかなる女をとりすえて、相住む」など聞きつれば、無下に心劣りせらるるわざなり。家のうちおこなひをさめたる女、いとくちをし。子など出て来て、かしづき愛したる、心憂し、いかなる女なりとも、明け暮れ添ひ見んには、いと心づきなく、憎かりなん。女のためも半空にこそならめ、よそながら時々通ひ住まんこそ、年月経てもたえぬなからひともならめ。あからさまに来て、泊まりゐなどせんは、めづらしかりぬべし」（第一九〇段）（現代語訳――妻というものこそ、男が持ってはならぬものである。（中略）どのような女であっても、朝夕一緒にいて顔を合わせていたのでは、ひどく気に入らずに、憎く感ずるようになるであろう。女にとっても中途半端な関係となるであろう。離れていながら時たま女のもとに通って住んだりすれば、長い年月が経っても、絶えることのない関係となるであろう。かりそめにやって来て、泊っていったりなどするのは、新鮮な感じがするに違いない。）とある。

つまり、二四〇段で、『源氏物語』が取り入られている（訳者註）が、平安時代の貴族の通い婚制度が踏襲されている。これは取りもなさず、兼好法師のインテリ意識の発現であっただろうと思う。彼は古典文学に通じた知識人。

最後に、有職古事についてだが、尚古思想の一現われであり、小川氏は解説で、「九九段から一〇二段にかけて、滝口や待として見聞した、公家社会の有職故実を証言する章段は、その背景を知ればかなり深いものである。例えば、一〇〇段は、久我通光が清涼殿の殿上の間に着いた後、常用された土器ではなく、「まかり」で水を飲んだとする。この「まかり」は殿上の間に備えられていた定器で、既に忘れられかけていたのを通光の頃には敢えて用いることがあり、古義を尊重する姿勢に感じたものである。九九段では堀川基具が、検非違使庁に伝来した古くてみすぼらしい唐びつを作り替えようとして、「故実の諸官」の反対に遭ったと語る。従って、真の識者こそが不易なるものの価値を知る。この尚古思想も、第一三七段で、古式で優美な賀茂祭の有為転変が示される。

ちなみに、「つれづれなるままに、そこはかとなく書きつくれば、あやしうこそものぐるほしけれ」（序段）（現代語訳――無りょう孤独であるのに任せて、とりとめもなく書きつけてみると、妙におかしな気分になって来る」と、兼好法師は、本書の執筆動機を語っているが、実はこの序段について、高校時代のS先生は、小林秀雄氏の解釈を引いて、次のやうに、即ち「書くことが考えることにつながる」と紹介（授業中に）されたことが想起される。

その他、政道については、「いにしへの聖の御代の政《まつりごと》をも忘れ、民の愁《うれ》へ、国のそこなはるるをも知らず、よろづにきよらを尽していみじと思ひ、所せきさましたる人こそ、うたて、思ふ所なく見ゆれ。「衣冠より馬・車たいたるまで、あるにしたがひて用ゐよ。美麗を求むることなかれ」とぞ、九条殿の遺戒にも待る」（第二段）と、兼好法師は当代の政道（民の愁へを看過、きよら、美麗）批判を行っている。

最後に、吉田兼好は鴨長明と共に隠遁者と称されるが、兼好の何ものにも束縛されない自然の生の特質について、触れて置きたい。

兼好法師は、第七五段で、「孤独退屈の状態を、やりきれないと嘆く人は、どのような心なのか」と先ず、切り出し、「生活・社交・技能・学問などの世俗の業（世俗の諸縁・雑事）を断て」と、魔訶止観《まかしかん》の言葉で結んでいる。

兼好は語る。即ち、「世間に和すれば、迷いがちになり、他人と交際すれば、本心ではないことを言うようになり、人とふざけていると思えば、人と争ったり、恨んだと思えば、ある時は喜んだりする」と。人間の移ろひ性批判。「ただひとりあるのみこそよけれ」と。

ここで、兼好法師が「人間嫌い、交際嫌い」という消極的な意味で、孤独を主張しているのではなく、「女々しく孤独を嘆く代わりに、決然と孤独を背負って世の中を歩いていこうとする」安部公房の孤独観やゲーテの言葉（『自己を制限し、孤立させることが、最大の術である』）に於ける、孤独の積極性想起。但し、名人と交際するのは是とする兼好。

第三節　結語

吉田兼好の『徒然草』から読み取れる、人生観（世界観）について一言、触れて置きたい。

第一二二・三段で、中世の現実を見え据えた（詩歌《尚古思想》よりも現実《鉄や医》

の実益を重視した点で）兼好であるが、その説明章段として、第一四二段（人間は、安定した資産がない時は安定した心も持てないものである。世が治らずに、人々が飢えたり凍えたりする苦しみにさらされるならば、罪人はあとを絶たないはずである）が挙げられる。小川氏の解説では、「たとえ衰えて廃れた世であっても、実を重んじ、その現代を追認していくしかあるまい」とある。

この兼好の時代感覚が一方であるが、他方、彼の無常観は、寸時愛惜と隠遁者の二様の立場を取る。即ち彼は、何ものにも束縛されない自然な生を称揚《よう》した人である。即ち、第一三四段で、「老いたと悟ったら、どうして閑居して身を楽にしないのか」や第二四一段で、「幻のような人生において、あらゆる願いは妄想で、万事を放擲《ほうてき》すべし」と語る。

第四九段、第五九段で、無常観を説き、第一〇八段（一日の間に、飲食・大小便・睡眠・会話・歩行など、やむを得ないことで、多くの時間を費やしている――チェーホフの「ただ食って飲んで眠って、そして死んで行くのだ。退屈ぼけがしないように、卑劣な陰口やカルタやヴォートカや訴訟道楽で生活をまぎらす民衆（『三人姉妹』）想起）（いささかでも寸暇を惜しみ精進する心がない時は、死者と同じである）や一三四・七段などで、無常観の正当性（第一八八段、第二一七段では、無常観は否定され、現実志向が図られる）が主張された。（傍点筆者）

但し、小川氏が解説で言っているが、つまり、「諸縁放下、寸陰愛惜は何度も繰り返されるテーマであるが、兼好の生涯は、最後までそうした境地と程遠かった」と。（無常観から隠遁者の道へ）

むしろ、第一三〇段の境地（顕職も辞退し巨利も放擲《てき》するのは、学問の力に依る）や第一六七段で、「真に一つの分野に通じた人」は慢心しない点――精神生活の人格的厳しさへの志向を想起。

「詩歌（教養）」から、「現実」へを重視した立場、結論として、詩歌（金《こがね》の価値）よりも現実（鉄《くろがね》の用途）を、つまり、兼好法師は、芸術（文学）万能主義は採らなかった人と言えるであろう。（但し、彼は古典文学に通じた知識人想起）

第六章　『平家物語』

序　〔平家滅亡の系譜〕

平家の滅びを主題として、これを縦軸に据えながら、物語は時代の情勢を俯瞰し、諸勢力の葛藤を浮彫りにしていくのである。

本書の主題を暗示する「祇園精舎」を引こう。即ち、「祇園精舎の鐘の声、諸行無常の響きあり。娑羅《しゃら》双樹の花の色、盛者必衰の理をあらはす。おごれる人も久しからず、唯春の夜の夢のごとし、たけき者も遂にはほろびぬ、偏に風の前の塵に同じ。遠く異朝をとぶらへば、秦の趙高、漢の王奔、梁の周伊、唐の禄山。近く本朝をうかがふに、承平の将門、天慶の純友、康和の義親、平治の信頼、まぢかくは六波羅の入道、前大政大臣平朝臣清盛公と申しし人のありさま伝へうけたまはるこそ心も詞も及ばれぬ」（巻第一）（現代語訳――権勢をほしいままにする人は、久しくそれを維持できるものではない。猛威をほこる者も、ついには亡びてしまう。最近では清盛公と申した人の振る舞いを伝え聞くと、想像を絶した有様で、なんと表現すべきか、その言葉も見いだせぬほどである）と。

解説によれば、この序章は、おごりを極めた清盛の行為が平家一門を滅びの運命におとし入れ、盛者必衰の理が貫徹する歴史への旺盛な関心を示して物語の世界へ享受者を導入しようとするものであって、哀調を帯びた表現ではあっても、厭世的な無常観のなかに人を誘うものではないと。（杉本圭三郎氏の解説）

第一節　清盛の功罪

――清盛の栄華の確立から滅亡の因へ――

その一　忠盛の栄華の創始者

忠盛による得長寿院の造進と、その恩賞としての昇殿は、平家一門の栄華への契機であった。この間の事情について、「しかるを忠盛備前守たりし時、鳥羽院（鳥羽上皇）の御願、得長寿院を造進して、三十三間の御堂をたて、一千一体の御仏をすえ奉る。上皇御感のあまりに、内の昇殿（清涼殿の殿上の間にのぼること）をゆるさる。忠盛三十六にて、始めて昇殿す」（巻第一、殿上闇討）と語る。

旧来の殿上人たちは、武門の出である忠盛の昇殿をねたみ、これを阻もうと、忠盛を闇討ちにしようと密議した。

この貴族たちの企て（闇討ち）は、忠盛の無言の威圧（巻第一）と、郎等家貞の主従一体となる行動の前（「今夜闇討ちにせられ給ふべき由承り、候あひた、其ならむ様を見むとてかくて候。（その成り行きを見届けようと思って）えこそ罷出づまじけれ」（決して退出はいたしません）（巻第一、殿上闇討））に、後退（とうてい企てを果たすことはできないと判断されたのであろう）（同上）せざるを得なかった。

闇討ちを断念せざるをえなかった貴族たちはお手のものの歌舞管弦の席上、即効的な賛歌で忠盛をからかった。歌舞の席での嘲弄も、忠盛の忍耐と自重が事に至らず、肩すかしをくった貴族たちは、こんどは法令をもちだして、忠盛を陥れようと図った。

殿上人たちは一せいに忠盛を次の二点で、非難して進言した。第一に、「そもそも刀剣を身に帯びて公の宴会に列席し」第二に「警護の兵を召し連れて宮廷に出入りする」のは法令の定めと礼儀に反すると。（巻第一、殿上闇討）

これに対して、忠盛は反論する。即ち、「謀《はかりごと》をめぐらして私をおとし入れようとする動きがあるとかで、年来の家人が、主人の恥じを救おうと、忠盛に知られぬよう、ひそかに殿上の小庭に伺候したのであれば、私の力の及ぶことではありません」「刀の事については、実の刀か否か、お調べのうえ罪があるかどうかをお決めになるべきでしょう」と申し述べ、調べて見ると、中身は木刀に銀箔《ぎんぱく》をはってあった。（巻第一、殿上闇討）

杉本氏は解説で語る。即ち、「貴族たちの陰謀が完全に敗退して、上皇の賞賛により、忠盛の地位が確保される事件の経過の中心に置かれているのである。やがて来る平家一門の全盛時代は、この一篇で作者が力をこめて語った忠盛のような人間像によって、その一頁がひらかれた、というのが物語の作品構想におけるこの章の位置である」と語っている。

この忠盛の形象は、後の清盛（権勢に驕り、悪行の人）の形象と対比される点も指摘して置きたい。

その二　清盛の栄華の確立

平安末期、頭角を現わした平家一門。忠盛の跡を継いだ清盛は保元・平治の両乱（巻第一、すずき《二》）に勝利をおさめたことを契機として、父忠盛がひらいた官界への進路を一挙に昇りつめていった。力強い躍進ぶり。

杉本氏の解説では、清盛の男子たちが官界の要職を占めたのに対し、女子はそれぞれ貴族社会の伝統的な権威をもつ家柄に嫁《か》して、一門の繁栄をささえた。とくに高倉天皇の中宮となった平徳子、後の建礼門院が、皇子を生んで、平家の権勢が頂点に達したことは、巻第三の「御産」の章に叙述されている。一門の栄華をはかる政略結婚の面が強かったと。

暴走する権力に延暦寺から反発を受けると天台座主明雲を流罪（巻第二、座主流）に処し、鹿の谷での謀議（巻第一、鹿谷）が知れる（巻第二、西光被斬）と、大臣らを追放する（巻第二、阿古屋之松）（成親《なりちか》）（巻第三、足ずり）（俊寛）。ついには後白河法皇までも鳥羽離宮へ幽閉（巻第三、法皇被流）。

以上、「盛者必衰の理」が発動する以前、平家が栄華を極めた下りの叙述であった。尚、清盛の嫡男重盛について、一言したい。

杉本氏の解説に依ると、重盛も、父清盛の行動をけん制することで「平家物語」の理想像としての存在を明らかにしてくる。父清盛に対するいさめの言葉の中に、重盛は大事勃発を告げて、軍勢の召集を試み、清盛の前にその実力の程を示す（巻第二、ほう火之沙汰）のである。上古にも末代にもない「日本に相応せぬ大臣」だとする清盛の言葉は、重盛の理想化の仕上げ（巻第三、医師問答《二》）でもある。

清盛の「悪行」を制御する役割を果たして来た重盛がついに世を去った（巻第三、医師問答《三》）と。

その三　一門滅亡の因としての清盛
――頼朝、義仲の転換としての挙兵――

清盛の暴悪を戒めねば――平家討伐の気運は高まっていた。

鹿が谷の謀議につぐ反平家の行動の、第二派となる源頼政の以仁王《もちひと》（高倉の宮）を擁しての挙兵の、発端にあたる叙述が巻第四の「源氏揃（一）」である。平家打倒の行動を決断したものの、事は露顕して（巻第四、信連《一》）、高倉宮は追われる立場となった。「源氏揃《ぞろえ》」の章から語られてきた高倉宮、源頼政による平家打倒の行動は、敗北し、平家の兵の凱《がい》歌《か》のうちに終焉《えん》した。即ち、以仁王の謀反は露顕し、宇治橋合戦で、彼らの首は討ち取られた（巻第四、若宮出家）。

東国で源頼朝が挙兵（巻第五、早馬）。異変の前兆が、早くも現実のものとなって、頼朝の挙兵の報が、新都福原にもたらされる。

杉本氏の解説に依ると、京都を舞台に、平家一門と後白河法皇および、院庁の貴族、ならびに寺院勢力の対立、葛藤として進展してきた物語の世界に、源氏の勢力が登場したのは、すでに巻第四の「源氏揃」のであったが、その行動が開始されて、いよいよ源平の争乱が物語の主軸となる、その転換が、この早馬の報告であると。富士川の頼朝追討ちは不首尾に終わる（巻第五）。

さらに北国の木曾《そ》義仲も挙兵（巻第六、めぐらし文《二》、巻第六、飛脚到来）。東国、頼朝の反乱に加えて、北国、義仲の行動が伝えられ、平家の人々は「これはいかに」と騒ぎあったのに対して、清盛は、「越後国には余五将軍の子孫である城太郎助長、同四郎助茂がおり、これに命令すれば、たやすく討ちとって参るであろう」（巻第六、飛脚到来）と、楽観的な見通しを述べる。

悪行極まる平家にも不吉な影が寄る。ここで、清盛の「悪行」について若干述べて置きたい。

即ち、巻第四の「南都牒状（二）」で、園城寺から、興福寺の寺務所への牒状には、次のように書いてあった。杉本氏の解説に依ると、寺院の行動は、仏法をもって王法の支えを信条とするものであり、王法仏法一如観は、古代的秩序、体制の根幹をなす思想であった。清盛は、この王法を踏みにじり、仏法との対立を深めるのであり、それが「悪行」であった。この牒状では、まずこの仏法の意義をかかげ、とくに興福寺を氏寺とする藤原氏の氏の長者であった藤原基房への、清盛の追放、配流の一件をあげて、同盟を強くよびかけていると。

この牒状に対する興福寺よりの書状が、巻第四、南都牒状（三）で返書として送られた。ここで、この返書のポイントを挙げれば、第一に、清盛の父忠盛について、彼の昇進（得長寿院の増進には触れず）は、忠盛の出身が卑賤であることから軽蔑し、高く評価していない。筆者の意見に依れば、清盛の仏（王）法無視と比べて、忠盛の功績はもっと評価されてよいと思うが。

第二に、清盛の功罪であるが、返書は先ず、「清盛入道は、平家の滓《かす》であり、武家のごみくずも同然なり」と彼を断罪したトーンを前書きにして話を進めていることを、先ず断って置く。

清盛の栄華の確立に果たした役割は、その二でも触れたが、この返書でも、平治の乱鎮定で、後白河上皇が清盛の功に感じられて、異例の賞をお与えになって以来、清盛はついには太政大臣の高位にのぼり、あわせて随身《ずいじん》を賜る身分となった。一家の男子は、あるいは大臣となり、また近衛府の高官に任じられ、女子は中宮になり、あるいは准后の宣旨をこうむることとなった。多くの弟や庶子は、みな公卿《くぎょう》にいたり、その孫や甥に至るまで、ことごとく国司に補せられた。

第三に、日本全国を領有、統治し、百官の任命権を握り、国家の奴婢《ぬひ》をみな一家の僕従として駆使し、すこしでもその心に背けば、皇族といえども捕らえ、一言でもその意にさからうことを聞きつけると、公卿であろうともこれをからめとるという有様。これによって、一時の生命を保とうがため、あるいは片時の暴虐をのがれるために、天子も清盛に対面してはその意にさからうまいとなさる。

第四に、ますます威勢に乗じたあげく、去年の冬十一月には、後白河上皇の御所を没収し、関白を流罪（鳥羽離宮へ幽閉）にするにいたった。反逆のはなはだしさは、まことに古今にその例を見ない。

第五に、我々は鬱憤をおさえて月日を過ごしてきたところ、かさねて軍兵を動員して、後白河院第二皇子高倉宮（以仁王《もちひと》）をその御所に包囲した。

第六に、清盛入道はさらに軍兵を派遣して、貴寺（園城寺）に改め入ろうとするよし、ひそかに聞き及びましたので、かねて準備をととのえた。出典は失念したが、清盛の行動が「凡そ平家の悪行においては、悉《ことごと》くきはまりぬ」という、極限に達した言辞が見られる。

炎上する寺院（巻第四、三井寺炎上）（寺社勢力に対する、平家の側の反撃が開始される。三井寺、興福寺への攻撃によって、逆に平家の権勢は、ますます深い矛盾、対立の中に追い込まれていくことになる――杉本氏の解説）。凶兆に祟られる新都（福原、巻第五、都遷《うつり》）。そして熱病に倒れる清盛（巻第六、入道死去《二》《三》）。平家にとって、世も末の様相を呈する。巻第三の「大塔建立」に「悪行あらば、子孫まで〔栄華〕は、かなふまじきぞ」とある。

最後に、いよいよ源平の争乱が物語の主軸となる。その転換が、この早急の報告（頼朝の挙兵の報）（後《のち》の源頼朝、義経の活躍を想起）であることを、もう一度、ここで確認しよう。

合わせて、清盛の栄華の確立から、一門滅亡の因となった清盛の言動への転換も押さえて置きたい。なぜ平家は滅びたのか。一門を領導して権力の座を築きあげた平清盛の行動のなかにその要因があるとみたのが作者の解釈である。一門の運命を滅亡へと転落させたものは清盛の悪行であると作者は設定する。

第二節　「信連《のぶつら》」「橋合戦《はしがっせん》」「那須与一」の特異性

杉本氏の解説に依ると、おおかたはその名が記されるだけで具体的な人物像や行動の叙述はないが、ただ一回的な登場でもその人物がひとつの場面の主人公として、物語の描く状景に生彩を放つ場合がある。巻第四「信連」の長谷部信連、巻第四「橋合戦」の足利又太郎忠綱、巻第十一「那須与一」の那須与一などであると。

その一　「信連」

長谷部信連は、宗盛から審問される。即ち「お前は『宣旨とは何だ』といって斬ったのか。多くの検非違使庁の下部を負傷させ、殺害したのだな。所詮、この男をきびしく尋問して、首をはねよ」と。（巻第四）（「信連」《四》）信連はすこしも驚かず、嘲笑して申すには、「鎧《よろい》に身を固めた者どもが討ち入って参りましたのを、山賊、海賊、強盗などと申すやつどもは、『宣旨の御使いだ』などと名のるものだと、かねがね承けたまっておりますので、『宣旨とはなんだ』と言って、斬ったのです。又、高倉宮のいる所は、たとえ存じていても、待たるものの、糾問されようとも申す訳がありません」と言いきって、口を閉じてしまった。

その場に大ぜい居並んでいた平家の侍たちは、「ああ、なんという剛毅な者であろう、惜しくもこのような男を、お斬りになるとは、いたわしいことだ」と言いあった。

その中のある人が申すには、「あの男（信連）は、六人の強盗を一人で追いかけ、四人を斬り倒し、二人を生け捕りして、功をなされた方で、一人当千の兵《つわもの》というべきだ」と言って、口々に惜しみあったので、入道相国も彼を日野へ流されたのであった。

源氏の世になってから、信連は東国に下り、事のはじめから経過の一々を申しあげたので、鎌倉殿は殊勝なことだと賞賛されて、能登の国に所領を与えられたということである。

とらわれの身となり、権力者の前にひきすえられても、いささかも屈することなく、おのれの所信を述べる信連をえがいて、「あ（ッ）ぱれ剛の者かな」と、平家の待にも感嘆の声を発せさせている（杉本氏の解説）。

尚、六波羅へ引ったてられた長谷部信連のそれまでの行動について言うと、信連ただ一人の活躍であるが、十数人を相手にたちまわる行動の活写（巻第四、信連《三》）に、合戦記（軍記）としての面目は躍如としているとも杉本氏は、解説で語っている。

その二「橋合戦」

ここに登場するのが足利又太郎忠綱で、在地における合戦の経験にもとづいて、一気に渡河の行動に出るのである。

即ち、「上野国の住人新田入道は、足利の味方に引き入れられて、杉の渡しから押し寄せようとして用意していた船を、秩父方にみな破壊されて、申しますには、『ただ今ここを渡らなければ、永久に弓矢とる身のきずとなろう。水におぼれて死ぬなら死ね、いざ渡そう』と、馬いかだを組んで渡したからこそ、渡ることができたのでしょう。坂東武者と習わしとして、敵を目前にして、川を隔てた戦いに、淵だ瀬だと選り好みしていられれましょうか。われに続け、各々方」と、忠綱はすすみ出て申すのであった。

さらに、忠綱は大音声をあげて、「強い馬を上手にたてよ。弱い馬は下手にせよ。馬の足のとどく間は、手綱をゆるめて歩かせよ。手を取り組み、肩をならべて渡してゆけ。馬にはやさしく、水に強くあたれ。川の中で弓はひくな。敵が射ても応戦するな。真っ直ぐに渡して押し流されるな。流れに従ってななめに渡れや、渡れ」と指示して、三百余騎が、一騎も流さず、向かいの岸へざっと渡った（巻第四、橋合戦《四》）。

これは、平家の方の侍大将忠清が、大将軍の前に参って、「あれを御覧ください。橋の上の戦は手ごわいようです。今は川を渡るべきですが、川を渡らせば、馬も人も多く失いましょう、淀《よど》、一口の方向に向かいましょうか、河内路に迂回しましょうか」と、申しているのに対して、足利忠綱の進言となった訳である。

杉本氏の解説に依ると、『平家物語』の合戦描写は、集団の動きを全体としてダイナミックに叙述しては、その中で奮戦する個々の武士や僧兵を大写しにする。ここでも、但馬、明秀、一来法師の活躍を描いてから、橋の上の集団の激戦の様相を俯瞰する。その状況の厳しさに忠清は、敵前渡河を避けて、迂回することを提案するのであると。

その三　「那須与一」

日も暮れかかり、合戦は明日、と引きあげようとしたところ、海上の平家の側から美しく着飾った女房が一そうの小舟に、紅の地に日の丸を描いた扇をたてて岸辺に漕ぎ向かってくる。源氏方の弓の枝のほどを試みようという挑戦とうけとめた源氏勢は、弓の名手として那須与一を呼びだすことになる。実戦（戦さ）のきびしい状況の中に挿入された華やかな絵巻のような場面が展開する（巻第十一、那須与一《一》）。

義経は、「なんと宗高、あの扇のまん中を射て、平家に見物させせよ」と与一に命ずるが、与一は、初めは辞退するが、義経の再度の厳命に、受諾する。（那須与一《二》）

矢の距離が少し遠かったので、海へ一段ほど馬を乗り入れたが、それでも扇との間は七段ばかりはあろうかと見えた。時は二月十八日の午後六時頃、その時北風が激しく吹きつけて、磯にうち寄せる波も高かった。船は上へ下へと波に揺られて漂うので、竿《さお》の先の扇も止まることなくひらめいていた。沖には平家が船を一面に並べて見物し、陸では源氏か馬を並べてこれを見つめている。

与一は、敵・味方の注視のなかで、郷里の神々に必死の覚悟で祈願をこめる。即ち、「わが国の神々、どうかあの扇のまん中を射させてください。もしこれを射そこなうことがあれば、弓を切り折って自害する覚悟です」と。

与一はかぶら矢をとり弓につがえ引きしぼってひょうと射放った。かぶら矢は長く鳴って、あやまたず扇の要ぎわちょっとばかりのところを、ひいふっと射切った。かぶらは海に落ち、扇は空に舞いあがって、しばらく空中にひらめいたが、春風に一もみ二もみもまれ

て、海へさっと散ったのであった。（巻第十一、那須与一《三》）（傍点筆者）

ここで、作者は結びの言葉（絵画的）を発して、この話を終える。即ち、「夕日の輝くなかを、皆紅《くれない》の地上の地に金色の日の丸を描いた扇が白波の上に漂い、浮いたり沈んだりして揺られていくと、沖では平家が船ばたをたたいて感嘆した。陸では源氏がえびらをたたいて歓声をあげた」と。

色彩感にみちた印象的な情景はきわめてあざやかであると、杉本氏を解説で語っている。

以上、「信連」「橋合戦」「那須与一」に於ける、一回的な登場でも、その人物がその一つの場面の主人公として、物語の情景に生彩を放つ手法の披瀝であった。

第三節　人物対比の手法

ここでは、鹿が谷事件のあとの西光と成親やさらに、清盛と重盛、この父子の性格を両極において、物語の論理は進展していく。また壇ノ浦の合戦の最後の教経、知盛と宗盛との関係に於いて、いずれも、あざやかな対比の中にその人物を際立たせる手法を扱いたい。

先ず、西光と成親だが、後白河院の寵臣として権勢を誇った西光と、平家一門をひきいて、貴族社会を圧倒する権力をわがものとした清盛の、正面きっての対決の場が巻第二、西光被斬（五）である。それも、西光の側はすでに捕縛されて清盛の面前にすえられている立場に拘わらず、臆することなく、清盛に痛罵を放っている。清盛を面罵するふてぶてしさが、西光の人間像を躍如として浮かび上がらせている。

一方、巻第一の「鹿谷」で、謀議のあとの酒宴で「平氏たはれ候ひぬ」とたわむれた成親であるが、事顕われて囚われの身となると、かつての野心はどこへやら、西光とは対照的な、小胆《しょうたん》の人物として描かれている（以上、杉本氏の解説に依る）。

次に、清盛と重盛だが、重盛も、父清盛の行動をけん制することで「平家物語」の理想像としての存在を明らかにしてくることや清盛の「悪行」を制御する役割を果たして来た重盛がついに世を去ったことなどは、本稿第一節（その二）で論じて置いたので、ここでは、これ以上、触れないこととする。

最後に、教経、知盛と宗盛であるが、これは、壇ノ浦合戦（巻第十一、鶏合《とりあわせ》、壇ノ浦合戦《四》）で明らかになる。

杉本氏の解説に依ると、新中納言知盛と、大臣殿宗盛の人間を見る眼の差が明瞭となる一場面である。のちに寝返ることになる重能をはやくも察知して処断しようと進言する知盛を宗盛は、「見えたることもない」と制するが、知盛にはすでに後に起こる重能の行動が「見えて」いたのである。生命を尊重する知盛の人間性は、いくつかの場面で語られているが、いざというときの決断は辞さぬ意志も堅持していた。しかし大臣殿（宗盛）が認可しないかぎり行動しえなかったのである。

その他、平家方には、歌や音楽の道にも秀でた忠度・経正、源氏万東国の武人には佐々木高綱・梶原父子・能谷直美、貴族では、鬼界島に流された俊寛・成経・康頼といった面々に於いて、物語の世界の人間模様は、対立抗争の劇的展開の中で明らかとなっていく点に注意を払いたい。（傍点筆者）

第四節　義仲、義経の活躍

この『平家物語』では、信濃に挙兵して北陸を攻めのぼり、平家を都から追い落とす木曾義仲、その義仲を追討したのち、一谷、屋島、壇ノ浦と平家を追撃してついにこれを滅ぼした源義経は、物語における中心的人物（清盛を含めて）とみることが出来る。

進撃する義仲勢は一時は内通により敗れるも、あざやかな作戦で平家を倶梨伽羅峠に打ち破る（馬には人、人には馬が落ち重なり、たいそう深い谷をすっかり七万余騎の平家の軍勢で埋めてしまった。総崩れとなって、倶梨伽羅が谷へ我先にと馬を乗りおろしていった。岩間の渓流は血を流し、積み重なった死骸は丘をなした。平氏の大将維盛、通盛《みちもり》は、からくも命を助かり、加賀国へ退いた。七万余騎の軍勢のうち、わずか二千余騎が遁《のが》れえたのであった――巻第七（倶梨伽羅落《おとし》《一》）。

しかし、義仲も源義経によって追討され、舞台（歴史）の主役は、源頼朝、義経に移る。

平家は、京、白河を焼き払い、「三種の神器」を持って福原、太宰府へと敗走。瀬戸内で一種報いるも、征夷大将軍となった（巻第八、征夷大将軍院宣）頼朝ら源氏に押されて、次々と無残な最期（巻第九参照）を迎える。

平家一族は多く生首となって都に還る。屋島を義経に襲われ（巻第十一）、敗走する平家に従う者などない。壇ノ浦で二位殿（清盛の妻）は安徳帝を抱えて身を投げ、ついに平家は歴史から退場となる（巻第十一）。

第五節　結語

『平家物語』の結論に杉本氏の説を紹介しよう。

平安末期の院政時代に頭角をあらわして、やがて貴族社会の実権を握り、栄華をほしいままにした平家が、貴族勢力や寺社、そして東国の武士団との激しい相剋のはてに、滅び去っていった歴史を語ることが、物語の主題である。

「盛者必衰の理」と、「父祖の罪業は子孫にむくふ」という因果観を物語構成の原理として、一門の運命を滅亡へと転落させたものは清盛の悪行であると設定する。

(尚、この小論稿で、杉本氏の解説を多用させて頂いたが、これは、あくまで筆者の主眼が「古典文学の学び方」即ち「転換」に在ったことを断って置く)(方法論上の転換点=ターニングポイントの把握・明示)

第七章　芭蕉論

第一節　風狂精神から歴史的自然へ

この章の第一節は、芭蕉文学の通論を意図したものではなく、言わば、彼の文学のガイスト（精神）の本質を開陳しようとしたものである。

即ち、風狂精神（無常観を基盤、あわれの心で（一木一草すべて生命あるものは無常を具現）、美の発見。身は世俗にありながら、同時に芸術の高みに心を遊ばせるという芭蕉の理想とした現実と芸術の一致（萩原氏の解説で、「文芸の理想を追求する詩人にとって、現実になずむことは自らの停滞となるのだが、しかし、現実を超越してしまえば詩は成立しない。芸術と現実のはざまで、自らの苦悩を詩に形象しようとして、その工夫に生涯とどまることのなかったのが芭蕉ではなかったか」とある）――『野ざらし紀行』《野ざらしを心に風のしむ身哉》や『笈の小文《百骸《ひゃくがい》九けうの中に物有。名付けて風羅坊といふ。かれ狂句を好《この》むこと久し』』」から『おくのほそ道』——自然の歴史化（歴史的自然）へ《夏草や兵《つわもの》どもが夢の跡》（句意は「ここ高館は夏草が生い茂るのみで、義経主従や藤原氏三代の栄華も、はかない夏の短夜の夢のように消えてしまった」である——脚注）《象潟《きさがた》や雨に西施《せいし》がねぶの花》（句意は「雨にけぶる象潟は、悩める美女西施を思われせるねぶの花の風情と通い合い、美しくもさびしさを深めている」である。俳文としては、「象潟に舟をうかぶ。先《ま》能因島に舟をよせて、三年幽居の跡をとぶらひ」とある）《荒海や佐渡によこたふ天河《あまのがわ》》（句意は「波の音も高い北の荒海、かなたを眺めやると、黒々と佐渡が島が横たわり、天空には銀河が七夕の夜にふさわしく白い帯となって輝いている」——脚注である）《むざんやな甲《かぶと》の下のきりぎりす》（句意は「ああなんと痛ましいことよ。実盛の甲を見ていると、自分が育てた義仲と戦わんと白髪を染めて出陣した実盛の心が偲ばれてならない。その甲の下ではコオロギもむせび鳴いているかのようだ」——脚注である）（俳文としては「真盛討死の後、木そ義仲願状にそへて、比社《やしろ》にこめられ待よし、樋口の次郎が使せし事共、まのあたり縁起にみえたり」である）などへと転換を図った芭蕉である。

この歴史的自然への転換こそが、後世、芭蕉が《忍者》と呼ばれた論拠を示すものである。芭蕉の社会変革の実践者（アクチヴ）としての歴史性が刻印された生き様といえるであろう。

今日《こんにち》、滋賀県大津市馬場には、義仲寺があり、その塚のとなりに、義仲びいきであった芭蕉の墓が、遺言によって並んでいる。

第二節　人生の文学

本節は、芭蕉の文学で、到達点とも言うべき『おくのほそ道』から、彼の人生観を集約的に掘り起こそうとしたものである。

萩原恭男《やすお》氏の解説に依れば、『おくのほそ道』において芭蕉が建てた二本の柱は、この俳諧にいう本情に即している。従って、表日本の明るさに対して象潟《きさがた》以下の各章は、ひとしく寂しい情趣を主調としている。象潟ではその風情を悩める美女に擬し（俳文に、「松島は笑ふが如く、象潟はうらむがごとし。寂しさに悲しみをくはへて、地勢魂をなやますに似たり」《筆者註》とある）、市振では遊女との邂逅に人の世のあわれを描き（《一家に遊女もねたり萩と月》――句意として、「この宿には、行脚僧のような自分と遊女が泊り合わせた。折りから庭の萩を月光が美しく照らしている」であり、含意として、「全く境遇の違うものが一家に泊り合わす因縁があっても、結局別れ別れとなる、会者定離が人生なのだ。との感慨を含む」である――脚注）、金沢では芭蕉との出合いの前に逝った一笑の墓に渡し（《塚も動け我泣声は秋の風》は句意は、「塚よ我が心に感じて動け。一笑の死を悼む私の慟哭《どうこく》は秋風そのものだ」とあり、その俳文としては、「一笑と言うものは、比道にすける名のほのぼの聞えて、世に知人《しるびと》も侍しに、去年の冬、早世したりとて、其兄追善を催すに」――筆者註）、小松の多太八幡では実盛の甲《かぶと》に、「むざんやな」と哀悼し、山中温泉では、同行そ良《ら》とのせきふの別れ（その俳文に、「そ良は腹を病て、伊勢の国長島と云所にゆかりあれば、先立て行《ゆく》に、《行くてたふれ伏とも萩の原》（句意は、「師と別れて旅を続け、道中行き倒れたとしても、それが萩咲く野でありたいと思います」である）と書き置たり。（行ものゝ悲しみ、残ものゝうらみ、せきふのわかれて雲にまよふがごとし。同句はそ良の作）、（丸岡では金沢から見送って来た北枝との惜別）、（種の浜では須磨に勝ちたる秋色を味わう）《寂しさや須磨にかちたる浜の秋》（句意は「何一つ目をひくもののないこの色の浜の寂しさは、古来名高い須磨の秋景色よりも勝っているように感じられる」である――脚注）等である。

だが、寂しさ（暗）という本情が、巧みな表現によって様々に形を変え、心の底にあるものと共鳴する。決して固定観念の「暗」ではなく、芭蕉の旅中の実感もその本情の表わし方の中に見事に生きていることが解ると。

最終章　『蜻蛉日記』

第一節　序

筆者が大学四年生の時、「古典と近代文学」の講義科目を受けたが、提出したレポートは古典文学の本質から程遠かったことを告白出来る。

故高田瑞穂先生の著書『堀辰雄』（明治書院）に、「媒体としての『かげろうの日記』」という章が含まれ、『蜻蛉日記』が取り扱われている。

その一部を紹介すると、堀の「かげろふの日記」の成立に関する内的、外的のすべての要因が凝縮されている、「七つの手紙」（第二信）を引くと、「『蜻蛉日記』といふのは、自らの苦しみの中に慰藉を求める女の日記で、男に訴へ続けた嘆かひにも拘わらず、彼女があのポルトガル尼同様に、『いと物はかなく、兎にも角にもつかで』、いたく年老ゆるまで生きながらへてゐたらしいこと、しかし彼女の死後さういふ皮肉を極めた運命をも超えて彼女らの生の激しかった一瞬のいつまでも……我々の生は運命より以上のものであること——『風立ちぬ』以来私に課せられてゐる一つの主題の発展が思ひがけず此処において可能であるかも知れないのを見、私（堀）は何か胸がわくわくするのを覚えてゐる位です」とある。（傍点筆者）

つまり、「蜻蛉日記」と「風立ちぬ」以来の関係（源泉）が明示されている訳であるが、大学卒業後四十数年を経て、筆者が開眼させられた指摘であると言える。能動的に運命を——菜穂子《なほこ》を想起せよ。

その他の、「かげろふの日記」の意義について、紹介することは筆者の能力や時間を超えるので割愛したい。

こうして、高田氏の指摘によって、「蜻蛉日記」の価値が認められたので、本書でも、最終列車に乗ることを果たすために、「蜻蛉日記」の方法論を読者に示すことは有益と考えられるので、次節で、それを開陳したい。

第二節　『蜻蛉日記』の方法論
——運命よりも生を——

普通、『蜻蛉日記』は、美貌と歌才に恵まれ権門の夫をもちながら、蜻蛉のようにはかない身の上を嘆く二十一年間の内省的日記と言われている。

「運命よりも生を」という短いキャッチ・コピーで示される『蜻蛉日記』の構図を作品に即して見て行きたい。

『蜻蛉日記』（小学館）の木村正中氏の解説に依ると、日記文学としての蜻蛉日記は、三部に於いて構成され、上巻においては、兼家の妻として生きること自体の人間的な苦しさ（運命――筆者註）が追求されており、中巻になると、そのように作者が一人の妻として苦しみぬく心の根底に、もはや妻であることを越えた、人間の本質に根ざす苦悩、人間存在そのものの苦悩が見い出されるところに、大きな発展（〔私達の生〕――筆者註）がある。そして『蜻蛉日記』に真実の人生を構築するという、まさに創造的な行為（〔我々の〕生――筆者註）によって、はじめて自らの実人生の苦悩（運命――筆者註）を克服し、新たに生きる道を内的に確立しえたのであるが、そうした苦悩の克服は、鳴滝籠《ごも》りの記事の中に胚胎《はいたい》し、鳴滝より下山以後、第二回初瀬詣《もう》でを含む中巻末部の彼女の心境において、見事に成し遂げられている。そしてそこには、しめやかな自然感情と人生観照とが一本化（石川詣での旅）した澄明な世界、『蜻蛉日記』における最も高次な調和的世界が繰りひろげられていると。

下巻は、この中巻末部の世界が日常生活的に拡散して行《い》ったとも言うべき、愛に傷ついた

女の諦観を含んだわびしい心象因果であると。（これも、運命よりも生を主張した作者の心情吐露であろう）

以上、木村氏の解説に於いて、（私たちの）運命よりも（私たちの）生を重視、優先させた、作者の『蜻蛉日記』に於いる方法論が端的に示された観がするのである。

換言すれば、作者の辛い「運命」から「生（真実の人生及び苦しみの中の慰藉）」へと転換を図ったとも言える。

ところで、兼家の妻としての作者の辛い運命について、述べて置きたい。（主として上巻）

兼家は二十六歳、作者は十九歳の時、二人は結婚し、後に、父との離別（五節）、母との死別（十六節）を経ながら、夫兼家に愛人（町の小路の女）が出来て（六節）、兼家の愛情を小路の女に奪われた作者のやりきれない精神状態が続く（小路の女は男子を出産――第九節）。訳者に依ると、「あさましうつべたまし」「あさましうめづらか」（第九節）と、作者の苦しみは頂点に達した。

作者は、夫の浮気の不実を責め続け、夫がこの女を見捨て、自分に心を再び寄せることを期待するが、徒労に終わる（町の小路の女が兼家の寵愛を失う時にも――第十一節）その寂しさは、もうどうしょうもない。

この結婚生活を総括して、作者は「十一、二年の結婚生活の内実は、明け暮れ、人並みに夫婦などといえたものではない身の不幸せを嘆きながら、尽きせぬ物思いをし続けて暮らしているのだった」（二一節）と語る。

ここでは、作者が一人の妻であることを超えた、人間の本質に根ざす苦悩については、若干、前述した（主として中巻）ので割愛するが、そもそも、『蜻蛉日記』の上巻の冒頭の序は、上巻末文と下巻末文に呼応する。

上巻の序で、「過去半生の時間がこんなにもむなしく過ぎて、まことに頼りなく暮らしている女《ひと》があった。……世間に流布している古物語の端々《はしばし》をのぞいてみると、ありきたりのいい加減な作り事でさえもてはやされるのだから、日記として書いてみたら」とあり、時の流れの中でのむなしさと、物語の方法論（下巻四節、夢解き参照）を具備《ぐび》した日記文学の自負を示す。上巻の末文では、「ものはかなきを思へば、かげろうの日記といふべし」とあり、下巻の末文では、「このように生き長らえて、今日まで過ごしてきたのも、まったく意外で」とある。訳者は語る。即ち「こうして道綱母は、『蜻蛉日記』を通して（歌才、文才＝方法論に仮託して）、その人生を自分のものにした」と。〔傍点筆者〕

それでは、物語性の方法論について、前述したので、ここでそれを少し補足し説明したい。つまり、方法論の端緒（下巻第四節、夢解き）について、触れることも有益なので取り上げたい。

作者はこの夢判断（「必ずや、朝廷を意のままにし、思いどおりの政治を行うことになりましょうぞ」）を聞く。しかも、この夢占いは、次に書かれる養女の話（第五節）（現実）の導入部を形成する。

訳者の頭注に依ると、ところで養女を迎え入れたのは十九日（第六節）だから、この一件は実際には夢占いより以前から起こっていたはずである。それをこのように結びつけて、『蜻蛉日記』の記事は著しく物語的な様相を呈しながら展開していくと。

道綱のみならず女子の存在（女子の将来入内でもして、非常な幸運〔結婚など〕に恵まれないとも限らぬ）（第四節）とは、作者への夢判断の実現化（現実化）でもある。

最初の夢〔占い〕から現実（養女の話）への転換に依る、方法論の端緒は、本作品での「運命よりも生を（辛い）運命から生真実の人生）へ」と転換を図った、方法論に結実化する。〔補足すると、骨格が把握出来なければ、作家論全体の試み（構築）は望めない。作家論に於いて、方法が解れば、力を発揮出来る人は、世の中に、多いことよ〕

尚、木村氏の解説に依ると、クライマックスの養女対面（下巻第六節）での感動を、「昔物語のやうなれば」と表現している「昔物語」は、序文の「古物語」とくらべた時、「古物語」という言い方よりも、主体的なかかわりを強く表わすと考えられるという金子富佐子氏

究一覧表』

手法・構造	世界観	参考文献
思想家の文学形象への転化 黄金時代 らくだ型構造 プーシキン	宗教的民衆主義 （革命形態）	『ドストエフスキー全集』 米川正夫訳（河出書房新社） 『ドストエフスキーの世界観』ベルジャーエフ著作集第２巻（白水社）
実験小説 リアリズム ドストエフスキー プーシキン	硬派的社会主義 （辛辣な民衆主義）	『太宰治全集』（S.50） 〔筑摩書房〕 『新潮日本文学アルバム 19』 『太宰治論』奥野健雄 〔新潮文庫〕
ゴーゴリ、ドストエフスキー、チェーホフの方法論へ影響。	リアリストが到達点。	『プーシキン全集』（河出書房新社）（S.47） 『作家の日記（80 年）』プーシキン論）（『ドストエフスキー全集』所収）（河出書房新社）
『伊勢物語』からの影響。 柏木・女三宮・光源氏の三角関係。	永遠なる愛や友情、 保護者愛。	全訳『源氏物語』与謝野晶子訳（全五冊）角川文庫 『源氏物語』円地文子訳 （全六巻）新潮文庫 「もののあはれ論」 （本居宣長）
リアリズム 私小説 チェーホフ ゴーリキイ	社会、思想への傍観 小林多喜二と立場は違う （多喜二全集推薦文） 七年間のキリスト教への入信	『志賀直哉全集』（S.47） 〔岩波書店〕 『新潮日本文学アルバム 11』 『志賀直哉』高田瑞穂〔学燈文庫〕

	前　期	後期（開始）	主義と事件
ドストエフスキー	夢想家（と現実） （『白夜』） 弱者破滅の系譜 （『プロハルチン氏』） （『伯父様の夢』）	行動としての現実 （『罪と罰』） 生活としての現実 （『白痴』）	土地主義 ペトラシェーフスキイ事件
太宰治	ロマンチシズム（と現実主義＝経済問題） （『思ひ出』） （ダス・ゲマイネ』）	リアリストの登場 （『正義と微笑』） 生活能力欠如者としての自己嫌悪	キリスト主義 情死事件
『オネーギン』	夢想家のオネーギンから	リアリストのタチアーナへ転換	リアリズム 決闘
『源氏物語』	宇治十帖以前の 世界（色好みの行動） （自然奔放な好色生活） 「末摘花」「胡蝶」 「さかき」 肉体から、	宇治十帖の世界 （精神的性意識） 「椎が本」「総角」 「手習」 精神へ。	柏木・女三宮の 不義事件
志賀直哉	動（戦い）――反抗―― 「或る朝」 「大津順吉」 「范の犯罪」 随筆「座右宝序」参照 ー動よりも静をー	静（調和）（中期の世界） （生命観・家族愛） 「城の崎にて」 「好人物の夫婦」 「和解」 「暗夜行路」	エゴイズム肯定 「范の犯罪」 「佐々木の場合」 山手線での事故 父との衝突

の説を紹介しているので、一応、指摘して置きたい。（石山の僧が作者に報告してきた夢、侍女の夢、作者自身の夢――何れも下巻第四節――これらが話の導入部に置かれて、物語の予言のごとき役割をしながら、養女対面〔感動《現実》――筆者註〕へと転換《昔物語的で方法論の端緒》して行く点を想起したい）（傍点筆者）

〔補遺〕鎌倉時代の阿仏尼の『うたたね』（十代後半の体験記）は、恋、出家、旅の三部作である。確かに、「恋」から「出家」へは、『源氏物語』の浮舟を、パロディ化したものである。しかし、阿仏尼の救済は、本日記執筆という営為の中に読み取られるべく、つまり、『源氏物語』の方法論把握と踏襲（合わせて、一・五冊分の研究書に相当）だけが為され、『うたたね』の作者は、ついに、本文で、「移り気」という内的未熟性を吐露する。それは、『源氏物語』に匹敵する古典作品にめぐり逢わなかったこと（第二弾の作家論構築完了欠落）に因る悲劇である。（『更科日記』想起）石田氏は『伊勢物語』の解説で、「「あはれ（『源氏物語』）」「をかし（『枕草子』）」「みやび（『伊勢物語』）」などの語に作品解明の指標をもとめる行き方に、筆者は理解しがたいものを感ずる。」と語る。

三十余年、綴って来た現在、言えることは、論理（論理構造・科学）性のある個人全集を選ぶべきだという筆者の信念である。

その点に関して、トルストイ、二葉亭四迷、森鷗外、永井荷風、三島由紀夫、埴谷雄高、泉鏡花を卒論、研究論文のテーマに選んでも必ずしも識者から、「あの人は文学が解っているなあ」とは言われないと思うが、他方、ドストエフスキー（『罪と罰』が転換点。夢想家（と現実）、弱者破滅の系譜（前期）。「行動としての現実」が到達点。「生活としての現実」（『白痴』も重要）、太宰治（前期――ロマンチシズム《と現実主義＝経済問題》《『思ひ出』『ダス・ゲマイネ』》から、後期のリアリスト登場へ《『正義と微笑』》が転換点。金銭獲得者到達点）、北村透谷（『内部生命論』が転換点。現実主義『蓬萊曲』）から写実的イデアへ。写実的イデアの世界（浪漫主義）が到達点）、梶井基次郎（『闇の絵巻』が転換点。闇の世界（及び闇への抒情――『Kの昇天』『過去』）（虚無）から光（生への渇望）へ。（「光明的なもの」が到達点）、芥川龍之介（『大導寺信輔の半生』が転換点。中期リアリズムから本へ。「本《精神生活》」の世界が到達点）、中原中也（詩「いのちの声」が転換点。浪漫主義から現実へ。「現実生活」が到達点）、志賀直哉（『城の崎にて』『暗夜行路』などが転換点。動《戦い・反抗》よりも静を《「座右宝序」》）。（「静――静かな調和《和解》」が到達点）、堀辰雄（前期――私小説時代《『聖家族』『ルーヴェンスの戯画』及び『美しい村』『風立ちぬ』》（受動的な運命の享受――節子）から後期の主体的夫婦　愛（『物語の女』『菜穂子』）（能動的に運命を――菜穂子）へ転換）、谷崎潤一郎（初期から中期へ「静・東洋的な美」から「動・西洋的な美」へ――「支那趣味ということ」）（『金と銀』『痴人の愛』が転換点《中期》）、中期から後期へ（『吉野葛』『春琴抄』《後期》が転換点。「動・西洋的な美」から「静・東洋的な美」へ――「藝談」）、萩原朔太郎（『氷島』が転換点。ロマンチシズムからリアリズムへ。「実在への郷愁・虚無の人生論及び歴史性」が到達点）、宮沢賢治（詩「永訣の朝」が転換点。宗教心《恋愛・性欲、現世利益》から哲学的境地へ。哲学的境地（理不尽なこと）（妹トシの病死）が到達点。（『春と修羅』））、島崎藤村（詩――浪漫主義《『若菜集』》――から『破戒』へであり、「リアリズム」が到達点）、中野重治（浪漫主義的詩（『愚かな女』）――哀憐《れん》・政治から、小説『少年』『交番前』『春さきの風』へ。「現実世界」が到達点）、田山花袋（『野の花』『夕張少女』の（センチな）抒情的美文小説から、『蒲団』以後の無技巧的な現実暴露小説へ）、広津和郎（『神経病時代』『風雨強かるべし』『狂った季節』の無力的虚無感との格闘時代から『泉への道』の「楽天的な気持ち」へ)、葛西善蔵(『子をつれて』が転換点。夢想家から現実へ。「現実世界」が到達点。〈ドストエフスキー文学の方法論との類推可〉)、室生犀星(『あにいもうと』)が転換点。抒情的世界(『愛の詩集』)や随筆的世界(『庭を造る人』)から、現実的世界へ。リアリズムが到達点)、横光利一(『機械』が転換点。感覚から心理へ)、正宗白鳥〈創作系譜の位相(哲学)として、「不安の文学」〉、夏目漱石〈位相として、恋愛の光明面即ち『虞美人草』『それから』、恋愛の暗黒面・悲劇性即ち『門』『彼岸過迄』『こゝろ』で、恋愛に於いて、人間性が発揮されるか否かという「光と影の」考察〉、芭蕉〈風狂精神から、歴史的自然へ〉、岩野泡鳴(『耽溺』と五部作、「耽溺(の恋)」から優強者の恋愛へ」「霊と肉、言葉と行為の合致」「現実と自己、刹那主義・生存苦闘説」)、牧野信一(ロマン主義〈夢と現実、精神的享楽主義〉――『村のストア』『ゼーロン』からリアリズム(《『裸蟲抄』》へ)、魯迅(虚無・暗澹《たん》から現実へ。『阿Q正伝』が転換点)、宇野浩二(初期の詩人《孤独と夢想》から、中期写実家へ。中期『子を貸し屋』『軍港行進曲』から、後期『枯木のある風景』『うつりかはり』への転換。哀歓から枯淡なリゴリスティックへ。ストイックな作風が到達点)、安部公房(『砂の女』が転換点。『飢餓同盟』『けものたちは故郷をめざす』などの孤独に女々しく嘆く代わりに、決断と孤独を背負う姿勢へ)などを誰でも一人、卒業・

修士論文や研究論文に、テーマとして選べば、識者から「あの人は文学（の方法論）が解っているなあ」と評価されると確信する。

その際、第二弾の作家論構築完了時点で、方法論を解明して後、確信に達する。例えば、ドストエフスキーから、太宰、芥川、葛西へ。

〔補遺〕萩原朔太郎（浪漫主義からリアリズムへ。『月に吠える』――精神的孤独及び『青猫』――無為・倦怠から『氷島』――実在への郷愁へ）

〔完〕

あとがき

二〇一四年に、『文学の学び方』（個別作家篇作家で、ドスト氏及び近代日本文学者を扱う）を、二〇二三年に、『ロシア文学の学び方』（七人のロシア人作家を扱う）を上梓して後、今回の『日本古典文学の学び方』（七つの作品論と芭蕉論を扱う）の出版ということになった。

尚、この三部作は、拙著『第二外国語マスター法』の姉妹篇であることを断って置く。「はじめに」でも書いたが、「古文読みの古典識《し》らず」という社会現象が見られ、多くの人にとって、高校時代の古文の授業で、生徒は先生の訳読の丸写し（暗記）に終わるのではないだろうか。（ちなみに、古文の訳読には、基本的な古文単語《約千語》の習得と文法——主として助動詞の変化表のマスターが必要。英語、ドイツ語などのように、五千語や六千語も単語をマスターする必要はないことを銘記すべきである）

古文をマスターした、国文科の学生にとって、多くは、古文の訳読が中心に据えられ、とても古典文学の本質を掴むことには、ほど遠いのではないだろうか。

筆者は、学生時代、劣等生であった。希望に胸をふくらませて、大学に入って授業を受けても、大学の先生は、具体的に何一つ教えようとはせず、国文科の学生である筆者は、四年間、灰色の学生生活を送って、大学を卒業したものである。卒論も立派なものではなかった。

本書の目玉としては、第一部第二章での、作家論（古典文学では、『平家物語』『源氏物語』などの個別作品に相当）を作成する場合の参考例として、ドストエフスキー文学の方法論を展開したのであり、このことに依って、ドストエフスキー氏文学の方法論の秘密を引いては、文学の方法論そのものの理解、修得を感得出来たのではないかと思う。知的財産としてのドスト氏文学。

個別作品論では、『源氏物語』の「宇治十帖」や「芭蕉論」や『更級日記』の物語耽溺から現実（宮仕え）への転換及び結語が本書の目玉となっている。

専門家の多い中で、一身を顧みず、ゴルゴタの丘へ歩を進めたわけである。本書を読んで、一人でも多くの方が、（古典）文学が解るようになる事を筆者は、期待している訳である。

最後に言って置きたいことは、書かないとダメであるということである。文化に参与するためには一汗かかなくてはいけない。活字にしても良いという意識を持ちたい。

一口に文学研究（作家論は、古典文学では作品論に相当）と言っても、そんなにたやすいことではない。初めの内は、何をどうやって良いか途方に暮れるのである。小説の非科学的信仰観があるので。個人全集は対比的に二等分される。古典文学の個別作品論も同じ。

尚、図表として、『主要作家（品）論研究一覧表』及び付録として、「作家論研究一望」を付した。参考にされたい。

最後に、ヘッセの「精神と魂という観点から人間を集め、教育し、血によってでなく精神によって、奉仕（支配）することもできる貴族を作る試みがなされるのです」（『ガラス玉遊戯』所収「二つの教団」）を引こう。

▼参考文献▲

(1)『伊勢物語』　石田穣二訳　角川ソフィア文庫
(2)『全訳・源氏物語』　与謝野晶子訳　全五冊　角川文庫
(3)『枕草子』　石田穣二訳（上・下）　角川ソフィア文庫
(4)『更級日記』　原岡文子訳　角川ソフィア文庫
(5)『徒然草』　小川剛生訳　角川ソフィア文庫
(6)『平家物語』　杉本圭三郎訳　全四巻　講談社学術文庫
(7)『ドストエフスキー全集』　米川正夫訳　河出書房新社
(8)『野ざらし紀行』『笈の小文』（『芭蕉紀行文集』所収）　岩波文庫
『おくのほそ道』　芭蕉著　岩波文庫
(9)『文学マスター法』　権藤三鉉　文藝書房
(10)『蜻蛉日記』　木村・伊牟田訳　小学館

権藤三鉉（ごんどうさんげん）

1952 年　福井県に生まれる。

1976 年　早稲田大学教育学部国語国文科卒業。

1980 年　早稲田大学文学部修士課程露文専攻中退。

会社員を経て、現在文筆業。

著書　『ドストエフスキー論』（文藝書房）

——東京大学駒場図書館所蔵——

『第二外国語マスター法』（文藝書房）

——国立国語研究所所蔵——

『夏目漱石論』（文藝書房）

『太宰治論』（文藝書房出版）

——東北・弘前大学付属図書館所蔵——

『文学の学び方』（文藝書房出版）

——日本図書館協会選定図書——

『芥川龍之介論』（文藝書房出版）

『ドストエフスキーと近代作家』（文藝書房出版）

『近代作家と我が随筆』（文藝書房出版）

『チェーホフ論』（文藝書房）

『文学マスター法』（文藝書房）

『日本近代文学史の基礎知識』（文藝書房）

『ロシア文学の学び方』（文藝書房）

日本古典文学の学び方

2023 年 12 月 10 日　初版発行

著　者　権藤三鉉

発行者　熊谷秀男

発　行　文藝書房

〒 101-0025　東京都千代田区神田佐久間町 2-18-1-10

電　話 03（5050）4423

bungeishobo@gmail.com

ISBN978-4-89477-511-4　C0095

乱丁・落丁本は小社にてお取替え致します。定価はカバーに表示。

©2023　Gondo Sangen Printed in Japan

DTP/ ジャングル